白川紺子 著／葉廷昭 譯

花菱夫妻的退魔帖 1

宿命相逢

suncolor 三采文化

目錄

淡路之君
以鬼為食的上臈冤魂，花菱一族的先祖。過去曾有貴人含恨流放淡路島，其職責便是撫慰含恨的冤魂。
孝冬
花菱男爵家次子，現任當家，其家系為神職華族。經手生意五花八門，同時還要替淡路之君尋找鬼魂。
鈴子
瀧川侯爵家的么女，為侯爵和瀧川家女傭所生，在淺草的貧民區長大。曾被喻為「千里眼少女」，現年十七歲。
花菱夫妻和十二單之女

花菱夫妻親族

嘉忠（右）・嘉見（左）

已故嫡妻的兒子嘉忠，生性嚴謹，為瀧川家接班人。嘉見沉默寡言，兩人都在公家機構任職，週末才會回老家一趟。

雪子（右）・朝子（左）

雙胞胎，鈴子同父異母的姊姊。千津的女兒，比鈴子年長十多歲，很疼愛鈴子。已經嫁人了，還是常回老家露臉。

千津

瀧川侯爵的小妾，為雪子、朝子、嘉見的生母。兒女皆已長大離家，家主又放蕩在外，偌大宅院中只有鈴子相伴。喜歡新奇的事物。

銀六

鈴子喪母後，曾經照顧鈴子的男性。當年五十歲左右，據說以前在華族家當下人。

丁姨

鈴子喪母後，曾經照顧鈴子的女性。當年四十歲左右，是鈴子母親的朋友。

虎吉

曾經和銀六、丁姨、鈴子共同生活的老人。當年七十歲左右，不良於行，幾乎整天臥病在床。

虛榮的贗品

室辻子爵❶夫人說出了自己的遭遇。

「──約莫半個月前，我開始聽到三味線的聲音。對，沒錯，三味線。就是藝妓在彈的那個……我對三味線的樂風一點概念也沒有，也不曉得那是什麼曲子。總之就是會聽到那種『錚錚』的聲音。而且我跟妳說，在陰雨天的時候啊，就像今天這種天氣，那聲音聽起來又有種縹緲悠揚的感覺，可是又不是房子外面傳來的。是在房子裡面，彷彿從長廊的陰暗處傳來的聲音。我聽到聲音膽顫心驚，還特地跑去長廊確認一下，奇怪的是什麼也沒有啊。因為本來就沒東西嘛。結果那聲音又從反方向傳來──唉，妳也覺得毛毛的對吧。」

「確實如此。」瀧川鈴子坐在對面的沙發上，感同身受地點點頭。鈴子穿著翠綠色的縐綢和服，上面還有蝴蝶的紋樣，看上去楚楚動人。她是瀧川侯爵的么女，年方十七。這位妙齡女子身上的美感，就像一座尚未完成的雕像。說她是少女又顯得太過成熟，但說她成熟又略顯稚嫩。

瞧鈴子感同身受，夫人也鬆了一口氣，雙手擱在胸口上。夫人身穿灰紫色的和服，戒指上的黃綠色寶石閃閃發光。

「我丈夫說他聽不到，一定是我幻聽。問題是，我最近甚至看到一些幻象……」

夫人彎下腰，緊抓胸口不放。

「我是眼角餘光稍微瞄到而已，每次我轉頭想看個清楚，那東西就跑走了。也不知道為什麼，明明就沒看清楚，我卻能感覺到那是一個女的，連她穿什麼和服都一清二楚……」

鈴子瞥向夫人身後，隨即轉移視線。

——是深紫色的和服，上面還有柳葉的紋樣。

「和服是鮮豔的深紫色，配上柳葉紋樣……」

聽完夫人的說詞，鈴子點了點頭。現在夫人身後的那個女子，正如她描述的那樣。

女子低著頭，看不到表情，那秀氣又蒼白的額頭格外醒目。一頭藝妓髮型也亂糟糟的，幾乎都不成原形了。和服的領口到胸口一帶也濕透了，不是水弄濕的，全是猩紅的血液。

女子的喉頭滲出鮮血。

「夫人，您有認識藝妓嗎？」

「沒有，我丈夫有沒有就不得而知了。」夫人先搖頭否定了鈴子的疑問，又用諷刺的口吻補充了一句。她的丈夫室辻子爵，是從親戚家招贅來的。

---

❶子爵：一八八四年，日本頒布《華族令》，將華族分為公爵、侯爵、伯爵、子爵、男爵五個等級，爵位世襲。

別緻的洋館外頭下著雨，雨水打在窗戶上，雨聲中響起了三味線的弦音。那是琴弦一經撥動後，冷脆又帶有餘韻的音色。夫人嚇得抖了一下，滿臉惶恐。

「妳也聽到了？」

「對。」鈴子簡短答話。

「妳果然也聽到了，就說不是我幻聽嘛。不對，這不是重點……」

夫人舉起發抖的手掌，摀住自己耳朵。

「到底怎麼搞的……是招惹到什麼不好的東西嗎？……室辻家以前從來都沒發生過這種事啊……」

夫人低下頭自言自語，似乎想蓋過三味線的聲音。

鈴子注意到那個深紫色和服的女子，手上拿著彈琴用的撥子❷，撥子上也滴著鮮血。三味線的弦音中隱約夾雜著啜泣聲，那不是夫人的哭聲，而是血流如注的和服女子所發出來的。鈴子稍微探出上半身，試著聽聽對方想說什麼。這時夫人喚了鈴子一聲，鈴子只好重新正視夫人。

「我問妳，這種事很常見嗎？妳對這個比較清楚吧？是不是作法驅邪就會好了？」

「我純粹是出於個人興趣，蒐集一些靈異怪談罷了，也稱不上精通。至於您問這種事常不常見，老實說並不常見。作法驅邪的事，我也提供不了意見。」

鈴子據實以告，夫人的眼神顯得頗為不滿。

「那妳聽過花菱男爵嗎？」

夫人提了一個意料之外的話題，鈴子不知該做何反應。

「花菱……？沒有，請問跟這件事——」

鈴子話才說到一半就停下來了，因為夫人身後的女子抬起了頭。

女子面無血色，目光混濁，唯獨嘴唇特別豔紅，原來那也是沾到鮮血的關係。女子動了動嘴唇，好像在說些什麼。但喉頭上的傷口鮮血逆流，都從嘴裡噴了出來，鈴子聽不出她在說什麼。

——……啊……

鈴子只聽到一絲沙啞的呻吟。女子蜷起身子，痛苦抽搐，鮮血灑落地毯。

「您怎麼了？」

---

❷撥子：用以撥彈弦樂器，使其發聲的小甲片。

夫人注意到鈴子的視線，狐疑地回過頭。說時遲那時快，女子也舉起手上的撥子，準備往夫人身上揮下去。

「快住手！」

鈴子慌忙起身，越過桌子一把護住夫人。就在這時候，鈴子聞到一股香氣。冷冽高雅，凜然難犯的香氣。此時，房門被用力推開，香氣也更加濃郁。鈴子抬頭一看，華麗的古裝映入眼簾。

——她最先想到十二單❸這個字眼，就像書上記載的，古時達官貴人的千金所穿的禮服。來者的穿著正是那樣，一名古裝女性就在她的面前。

身穿十二單的女人長髮垂肩，佇立一旁，白淨的瓜子臉上還有一對知性的桃花眼。鈴子一時分不清這個女人是活人還是亡者。

在鈴子眼中，活人和亡者沒有太大的區別。除非對方血流如注，擺明了不可能活著，那她才知道那是鬼魂。

穿著十二單的女人並非活人，鈴子是從她的動作看出來的。那個女人以超乎常理的速度，衝向渾身是血的紫衣女鬼，還吃了女鬼的頭。除了吃以外，鈴子找不到其它更好的形容方式。

古裝的女人並非張開嘴巴一口咬下，她衝到女鬼身上後，女鬼的頭就煙消雲散了。緊接著上半身和下半身也消失了。

最後，只剩下三味線的撥子落在地毯上，上面還有乾涸泛黑的血跡。一眨眼的工夫，三味線的撥子也消失了。

十二單的女人翩然回身，嫣紅的嘴唇微微一揚，笑了。之後，女人的身形搖曳晃動，像輕煙般化於無形，飄散在半空中。

輕煙緩緩飄向房間的入口。鈴子順著望過去，發出了驚詫的聲音，因為有一個男人就站在入口處。

也不曉得這位青年是何時到來的，年紀應該二十五、六歲左右，身材高䠷修長，搭配深灰色的西裝很好看。端正的五官給人精悍的印象，而非典雅的氣質，但又不到粗獷的地步。嘴角有一點淡淡的笑意。

輕煙飄向男子，在他四周繚繞。一時間竟幻化出古裝女子和他交纏的影像，隨後又消失

❸十二單：正式名稱為五衣唐衣裳，是貴族女性傳統服飾中最正式的一種。

無蹤。

鈴子愣在原地無法動彈，剛才發生的一切是她親眼所見，但她完全無法理解自己看到的事情。

「夫人沒有大礙吧？」

青年的語氣低沉又溫和，鈴子回過神來照看子爵夫人。夫人暈倒了，想來她剛才回過頭的那一剎那，也有看到鬼魂舉撥相向吧。

「她暈過去了。」

「那可不妙，得叫醫生來看看。」

青年撂下這句話就離開了，鈴子讓夫人躺到沙發上，還拿了軟墊給她當枕頭。家裡的女傭也趕來了，鈴子把夫人交給女傭照顧，自己也離開了房間。洋館內鬧得雞飛狗跳，鈴子逕自走向玄關。她向其中一名女傭告辭，請那名女傭找來她的侍女和隨從。

寬敞的玄關大堂擺了一張長椅，鈴子坐下來喘口氣，有人在一旁問她，是不是要回去了？鈴子一聽到聲音，嚇得差點跳起來。

轉過頭一看，剛才的青年就站在她身旁，鈴子完全沒察覺對方到來，吃了一驚。

——這人……應該不是鬼魂吧？

他說要去找人來幫忙，照理說是活人才對。鈴子困惑地仰望青年，青年笑著說。

「我可不是鬼魂喔。」

青年有一副柔順的好嗓音，大概是鈴子聽過最好聽的嗓音了。饒是如此——鈴子還是不放心地盯著對方。

——這人好可疑。

「剛才那個……可否請你說明一下？」

聽了鈴子的疑問，青年稍微側過頭，依舊不改微笑。

「妳指的是『哪個』，麻煩再說得具體一點？不然我不知道該怎麼回答。」

「那個穿十二單的女人。」鈴子皺起眉頭，直截了當地問了。

「喔喔……」

青年上下打量鈴子一番，在她身旁坐了下來。鈴子想拉開距離，卻發現青年身上有一股淡淡的幽香。跟她剛才聞到的香氣一樣，不是西洋香水的氣味，而是薰香的味道。

「我叫花菱孝冬，是在橫濱做買賣的，在麴町這裡也有房子。」

青年沒有答覆鈴子的疑問，反倒做起了自我介紹。鈴子看著青年的側臉，這才想起室辻夫人有提起這號人物。

「你是……花菱男爵？」

「正是在下。」

青年——花菱孝冬莞爾一笑，鈴子心想，花菱男爵很懂得利用這種笑容。同時她的腦子也沒閒著，開始比對自己記得的華族❹。

——男爵……花菱……花菱……

終於，鈴子找到記憶中的答案了。

「你自稱花菱男爵……難不成你是神社的……神官是嗎？」

「神官這個字眼，嚴格來說只有伊勢神宮能用。我們花菱家算是神職人員，在淡路島的島神神社擔任宮司。」

「原來——」

原來這個人是神職華族。所謂的華族是明治時代以後才制定的特權階級，過去的朝廷官員、大名❺、維新元勛、僧侶，各式各樣的人都曾在華族之列。伊勢神宮和出雲大社這一類知名神社的神職人員，也同為華族。

「怪了，可是你說你是經商的……」

「這就說來話長了，妳有興趣的話我也樂意奉告。」

「沒關係，不必了。」

鈴子搖搖頭。這個人的笑容實在太不誠懇了，她只想趕快離開這裡，偏偏侍女鷹孀還沒來接送。瀧川家位於赤坂地區，離麴町這裡也不算太遠，她一個人回去也沒差，但肯定會被鷹孀唸一頓。

「妳是瀧川侯爵的小千金吧？」

鈴子瞄了一下孝冬那張笑臉。

「正是小女子，請問我們以前見過面嗎？」

「這是我們初次見面，但我在很多地方都聽過妳的傳聞。」

「你在很多地方都聽過我的傳聞……？對了，方便請教你今天的來意嗎？」

「人家拜託我來驅邪，好歹我也是宮司嘛。」

——驅邪。

---

❹華族：一八六八年—一九四七年的貴族階層，包括來自公卿世家的「公家華族」、來自江戶時代各藩藩主的「大名華族」、對國家立有功勛的「勛功華族」、以及臣籍降下的「皇親華族」等等。

❺大名：封建時代對一個較大地域領主的稱呼，由名主一詞轉變而來。

那是在驅邪？那個古裝女子吃掉鬼魂是在驅邪——？

鈴子回憶那光景，又皺起了眉頭。

「聽說，妳的興趣是蒐集各種靈異怪談。但這種嗜好在大家閨秀之間並不流行，可否請教原因？」

「興趣因人而異啊。」

鈴子不願多作答覆，態度也很冷淡。

「真是特立獨行的興趣呢，還有一大堆消遣更適合大家閨秀不是？」

「對啊，不適合『大家閨秀』，但很適合我。」

鈴子聽不慣孝冬略帶諷刺的說法，回話也沒在客氣的。

「哎呀，不好意思讓妳誤會了，我並不是在諷刺妳出身貧民區。」

鈴子望著孝冬的臉龐。孝冬還是保持淡淡的笑意，凝視她的眼眸。孝冬的瞳仁是深褐色的，猶如蒼鬱的森林一般幽暗，和開朗的表情形成對比。

鈴子遍體生寒，飛快起身準備開溜。

「我要回去了。」

「對不起，讓妳不愉快了。」

「不會，我出身貧民區是眾所周知的事實。」

「不，是我失言了，抱歉。」

「我說了，沒這回事。」

這種客套的對話才是鈴子火大的原因。她別過頭走向玄關，孝冬追了上去。

「妳該不會一個人走回去吧？妳的侍女或隨從——」

「我不用人陪。」

「說真的，我派車送妳吧。現在外頭下雨，衣服濕透了可不好，萬一感冒就糟了。」

孝冬一句接著一句，鈴子生悶氣不講話。

「瀧川小姐——鈴子小姐，妳看得到那個上臈❻對吧。」

「咦？」

聽到「上臈」這個陌生的字眼，鈴子回頭了。孝冬的笑容也變了，顯得有些冷酷。

「鈴子小姐，妳要跟我結婚嗎？」

---

❻上臈：宮中女官的官銜。

鈴子錯愕得說不出話來。

大正❼九年春天，日本景氣蕭條。世界大戰帶來的空前榮景，隨著戰爭結束迅速衰退。一開始還小有起色，但三月的股災敲響了景氣的喪鐘。戰爭時靠著航運、鋼鐵、股票致富的暴發戶，各種炫富的荒唐行徑引起大眾反感，戰後多半也家道中落。

當時，股價崩盤對瀧川侯爵家來說是一大問題。鈴子的父親瀧川侯爵對經濟一竅不通，卻胡亂投資。只要聽到有賺錢或是回本的機會，就傻傻地出資。因此，瀧川家也受到了股價崩盤的波及。

瀧川家本為大名華族，跟其他華族相比也格外富裕。過去又是掌管伊勢地區的大名，不但有地租的收入，還涉足金融業服務鄉里，財力是絕對足夠的。無奈現在這些家底，都被鈴子的父親揮霍掉了。瀧川一族都希望這敗家子盡快退隱，麻煩的是要拉他下位，又不能鬧出醜聞。況且，他本人不肯退位又是一大問題。想必這會兒也在外頭開心敗家吧。

敗家子多半也是好色之徒，鈴子的父親也不例外。有嫡妻和好幾個小妾還不夠，連家中的女傭都不放過，那女傭就是鈴子的生母。鈴子的生母懷孕後，和瀧川家起了一些糾紛，最後離開瀧川家，流落到淺草的貧民區。母親在她年幼時就病死了，所以她完全不知道母親的故鄉和親人在什麼地方。

鈴子長到十一歲才被接回瀧川家。那時上一代侯爵還沒去世，父親沒什麼存在感。嚴格講起來，父親現在依舊遊手好閒，只有阮囊羞澀才知道要回家。鈴子對父親毫無印象，父親的存在比海市蜃樓更加虛幻。

父親的嫡妻由於產後照料不周，染病去世了，鈴子被接回來撫養時已經不在了，家中只剩下一個小妾。父親有好幾個小妾，唯一生下孩子的只有那一個，有資格住瀧川家的也只有那一個。其他小妾，鈴子都沒見過。

除了鈴子以外，父親和嫡妻生下了長子，和小妾又另外生下了三個孩子——分別是兩個女兒和一個兒子——兩位兄長都外宿，兩個姊姊也都嫁人了。鈴子被接回來時，那些哥哥姊姊也不在家中了。兩位兄長週末會回家一趟，兩位姊姊也不時會跑回來。但平常偌大的家中就只有傭人，以及鈴子和那個小妾。

「鈴子，今天早上麻布的姑姑來過，說要把妳嫁給花菱男爵，妳意下如何？」

---

❼大正：大正天皇在位期間使用的年號，一九一二年至一九二六年。

四月底的某個午後，鈴子聽到千津說的這段話，差點沒把嘴裡的茶噴出來。這位千津就是剛才提到的小妾。鈴子在室辻子爵家巧遇孝冬，才過沒幾天。

那一天，鈴子當下就拒絕了孝冬的求婚。

「我不要。」

鈴子覺得孝冬根本莫名其妙。既沒有說媒也沒正式提親，劈頭就對人求婚，這本身已經不合禮法了。更令她在意的是，孝冬似乎城府極深，她完全不了解孝冬的為人，不可能給出正面的答覆。孝冬被鈴子狠狠拒絕，也只是默默地發笑，更讓鈴子渾身不自在。

——改用旁敲側擊啊。

而且他誰不好找，竟然找上了麻布的姑姑。這位姑姑是父親的妹妹，吃飽沒事幹就喜歡替人說媒，也不曉得他們是怎麼談的。

「您問我意下如何……麻煩就跟平常一樣，幫我回絕吧。」

「妳唷，真不懂得把握機會。那位花菱男爵身材高䠷，長相可俊俏了呢。」

鈴子靜靜喝茶不講話，她早就知道孝冬俊俏了。

「而且他又是資產家，生意做很大呢。」

「現在經濟不景氣，生意沒那麼好做吧。」

「妳不知道嗎？之前我們去三越吳服店，我買了『芙蘿拉』系列的『大麗花』，妳也挑了一款『白百合』對吧。」

「妳是說，那個西洋香的商品……？」

「西洋香・芙蘿拉」是一種散發西洋香水味的印香。所謂的印香，就是把調製好的香料注入模具中風乾，相當於形狀比較特殊的線香。「芙蘿拉」系列採用薔薇、大麗花、紫花地丁等西洋風的花朵，款式十分新穎，外形又做成每一種花朵的顏色和形狀，看上去就像五彩繽紛的小點心，可愛又討喜。包裝和廣告上還畫了動人的花之女神，引起了不小的話題，上至貴婦下至女學生都愛不釋手。尤其女學生很流行把這種印香放進紗袋中，再用絲緞綁上一個蝴蝶結，當作香包使用。

「販賣這一系列印香的『薰英堂』，也是花菱家經營的喔。主要賣一些薰香和線香，工廠在淡路島，公司開在橫濱的樣子。妳也知道，淡路島盛產線香嘛。」

「……這我不知道……」

「而且，花菱家也是歷史悠久的名門喔。」

「……可是，他們家爵位又不高。」

鈴子試著做出一點反駁，千津一笑置之。千津有種聰明伶俐的美感，很適合這種嘴角輕揚的笑法。

「爵位的高低，跟家世好壞、歷史淵源未必有關，那是政府擅自訂出來的制度，也沒什麼道理可言。花菱家的歷史，比一般的公家❽還要悠久，說不定連我娘家也比不上。」

千津本是沒落的公家華族，曾當過藝妓。很多公家華族財務狀況並不理想，當中也不乏債務累累、窮困潦倒的家族。有些家族無法維持華族的體面，不得不奉還爵位。

「出雲大社千家男爵的事情，妳也不是不知情吧？」

「啊啊——」

千家一族世代都是出雲大社的宮司，歷史悠久自是無庸置疑。然而到了明治時代，政府將千家一族冊封華族時，竟然比照其他的神職華族，只賜予男爵的爵位。當時千家一族的族長央求政府，希望獲得更高的爵位。到頭來，也是天不從人願。

「花菱家在淡路島，是侍奉伊弉諾尊❾的宮司，本來還是淡路島的領主。據說在飛鳥時代還是奈良時代，有香木漂流到島上，他們就把香木獻給天皇。」

「是喔……」

鈴子有一搭沒一搭地聽，顯然對花菱家一點興趣也沒有。相反地，千津卻興致勃勃地說下去。

「花菱家在麴町有棟房子，也蓋得很漂亮喔，妳有機會不妨去見識一下。那是一棟磚瓦砌成的洋館，牆上還爬滿了藤蔓，很有情調的。」

「您對這樁婚事真積極呢。之前您不是說，去當職業婦女，不用嫁人也沒關係？」

千津很喜歡新奇的事物，頭髮用火鉗燙出波浪捲，偶爾也會穿上洋裝。那個年代女性的洋裝還很罕見，頂多只有巴士的女車掌和一些職業婦女，會穿上西式的制服。國內第一個女車掌上任，也才幾個月前的事情。

話雖如此，華族大小姐外出工作，肯定要承受世間的非議。因此，千津也只是開點不切實際的玩笑罷了。

「妳運氣算很好了。宗主要是還在世，搞不好就把妳嫁給腦滿腸肥的暴發戶了，妳反對也沒用。」

千津口中的「宗主」是指上一代侯爵，亦即父親的父親，鈴子的祖父。宗主這個稱號是用來稱呼當家的，照理說祖父過世以後，應該用來稱呼鈴子的父親才對。但千津還是用宗主

---

❽公家：為天皇與朝廷工作的貴族和官員。

❾伊奘諾尊：日本神話中開天闢地的神祇，是日本諸島和諸神的創造者。

來稱呼過世的祖父，對鈴子的父親只稱「老爺」。

祖父治家甚嚴，手握瀧川家一切大小事的決定權。千津的兩個女兒——也就是鈴子同父異母的姊姊——全都嫁給大財閥，那也是祖父決定的。

鈴子被接回家撫養後，祖父也沒讓她去華族千金就讀的女子學習院，而是找家庭教師負責她的教育。

已故的嫡妻生下的兒子，還有千津生下的兒子，長到七歲就被送往寄宿學校，接受嚴格的管教。這也都是祖父的命令，當然這在華族並不算罕見。

祖父在世的時候，父親至少還知道收斂一點。兩年前祖父去世後，父親就像斷了線的風箏一樣，不，該說是脫韁的野馬比較貼切。

「誰敢保證，花菱男爵就一定比腦滿腸肥的暴發戶好啊？」

「瞧妳說的！花菱男爵長得帥就贏了。」

千津酷愛俊男美女，姿色看得非常重，她本人也是經常登上婦女雜誌的美女。鈴子不解的是，這麼喜歡欣賞姿色，何不照照鏡子就得了？但千津似乎有不一樣的想法。再者，她並不在意帥哥美女有沒有內涵，這也是她當得起小妾的原因。

「……他要真有您說的那麼好，照理說應該很多人去說媒才對啊？」

「據說啊，他生意做太大，忙到沒有時間安排婚事。現在好不容易有點空閒，才起了這個念頭。所以我說，妳運氣很好哇。」

「……」

還是太可疑了，鈴子想起孝冬那張不誠懇的笑臉。

「……千津阿姨，『上臈』是什麼意思啊？」

「怎麼了？妳怎麼問這個？」

鈴子沒頭沒腦問了一個不相干的問題，千津頗為訝異。但她也沒有想太多，直接把答案說了出來。

「該怎麼說呢，簡單講就是出仕宮中的女性，身分高貴。相當於典侍……講這個妳也聽不懂吧。總之都是大臣的女兒，或是位居三品的女官。有分上臈、中臈、下臈。」

「是喔……」

反正很高貴就對了？──那個十二單的鬼魂，生前是達官貴人？看得到鬼魂又怎麼了，陰陽眼和結婚哪裡扯得上邊？

鈴子撐著下巴沉思，千津好言相勸，叫她不要撐著下巴，不然下巴容易歪掉。鈴子直接站了起來。

「我出去一趟。」

「是嗎？妳要去哪？」

「千津阿姨，您不是叫我『去花菱男爵家見識一下』？我這就去。」

「當真？」

千津眨了眨眼，還問鈴子是不是對花菱男爵感興趣了，一臉得意的笑容。

「希望花菱男爵的為人，不要跟老爺一樣荒唐啊。」

鈴子也沒回嘴，只說自己要梳妝打扮一下，就回房間了。

回房後，鈴子挑了一套杏黃色的縐綢和服，上頭染有白色的薔薇花紋。再搭配一條紡染的腰帶，腰帶上有新藝術風格的蝴蝶紋樣。腰帶內側的襯布和外側的綁帶，也選用和腰帶一樣的翠綠色款式。假領選用有薔薇刺繡的半衿，腰帶上的飾品帶留，則是銀製的蝴蝶雕刻，上面還鑲嵌祖母綠。和服外頭罩上一件曙光色的羽織，羽織上一樣有栩栩如生的薔薇，下襬也染成了淡淡的翠綠色。這些衣服和飾品全都是千津和兩個姊姊張羅的。

她們的說法是，鈴子出門在外就代表瀧川家，不能穿得太寒酸給人看笑話。華族的體面就是這麼回事，沒有雄厚的財力還保持不了這種體面。因此，手頭拮据的華族必須跟財閥或暴發戶結為親家。鈴子身上戴的這顆祖母綠，就是姊姊的夫家提供的。

瀧川家在檯面上已經出不了這些錢了。所謂的「檯面上」，是指統籌一切家務和管理資產的單位。即便是鈴子的父親，也沒資格任意動用家中的資產。但父親在外頭到處用侯爵的名義借錢，「檯面上」的那些人物也只好拚命幫他擦屁股。賠出去的錢，自然要從其他地方省下來。

鈴子看著腰帶配件上的祖母綠，想起了室辻子爵夫人手上的戒指。那枚戒指上的黃綠色寶石，應該是人工合成的吧。現今年頭不好，合成寶石是人們趨之若鶩的廉價進口商品。流行歸流行，奇怪的是，愛面子的華族怎麼會在人前配戴合成寶石呢?當然了，如果夫人是喜歡才戴在身上的，那旁人也無從置喙。

鈴子坐在梳妝臺前面，請女傭幫自己編頭髮。她心底還琢磨著夫人的戒指，以及那個藝妓的鬼魂。頭髮綁成了辮子，在後頸一帶繞了個圈，再用寬緞帶綁起來。年輕女子多半喜歡法國製的絲絹緞帶，而且越寬的大家越喜歡，女校不得不限制緞帶的寬度。

鈴子今天挑了一條淡綠色的緞帶，跟綠意盎然的春季十分相襯，在鏡中也散發出蓬勃的朝氣。侍女鷹孀總是嫌棄鈴子，說她缺乏一個少女該有的嬌豔氣息，現在配上了這條緞帶，看起來總該有點活潑的美感了吧。

最後，鈴子戴上了英國製的白色蕾絲手套。她的左手背上有類似燙傷的痕跡，所以外出時一定會戴手套。鈴子不記得手上的傷是怎麼來的，想必是懂事前受的傷吧。

鈴子拿起青瓷色的陽傘準備出門時，侍女鷹嬸來了。鷹嬸年過四十，穿著條紋花樣的銘仙[10]和服。鈴子小時候缺乏良家婦女該有的端莊舉止，祖父便找來這位資深的女傭，負責教導她禮法。在鷹嬸嚴格的教導之下，鈴子在外面總算有點大家閨秀的樣子了。

鷹嬸還很嘮叨，要求她講話要極盡文雅客套，不能只用單純的敬語。起初鈴子還願意乖乖聽話，後來在家裡講話也懶得管那麼多，甚至會出言頂撞鷹嬸。鷹嬸罵她沒氣質，一個千金大小姐講話不該這麼直接。鈴子卻說，那乾脆擺一尊娃娃代替她算了。後來鷹嬸也放棄了，沒有再嫌棄過她講話的方式。

「您一個大家閨秀，怎能獨自造訪男性家中呢？」

鈴子表明要去花菱家一趟，鷹嬸果然沒給好臉色。

「我又不是一個人，妳也會跟去啊。」

「您去男性家中作客本身就不妥當。等二位少爺回來，再請他們陪您一起去吧。」

「兩位兄長都要禮拜六下午才會回家，而且他們很忙不是？不然我跟平常一樣，帶桐野去總行了吧？」

桐野是家中的僕役，鈴子平常外出聽鬼故事，也會帶上這個青年。

鷹嬸誇張地嘆了一口氣，不得已同意了。其實，她也不贊同鈴子整天聽鬼故事。華族大小姐是不會隨便外出的，鈴子為避人耳目，搭乘車子前往花菱男爵家。車子的維持費用比馬車便宜，但不靠自己的雙腳走路，鈴子總覺得哪裡怪怪的，渾身不對勁。

外頭的天氣很晴朗，跟前幾天完全不一樣。不少人也在這風光明媚的日子出來逛街，看到街上悠哉的景象，實在很難想像入春之前，國內爆發了嚴重的流感疫情。

戰時蔓延全球的流感疫情，在大正七年也延燒到了大日本帝國，俗稱「西班牙流感」或「惡性流感」。大正七年秋天到大正八年的春天，是疫情第一波爆發的時期。大正八年歲末到大正九年春天，疫情再次爆發，比前次有過之而無不及。

病逝者多到來不及火化，報紙上也印滿了訃告，瀧川家的人也不准鈴子外出。街上貼滿了衛教宣導海報，要人們戴上口罩、多漱口，鈴子每天早晚也用鹽水勤漱口。究竟疫情已經平息了，還是入冬會再次復燃，這點也沒人說得準。雖有後顧之憂，但看到大眾恢復日常生活，鈴子還是鬆了一口氣。

---

❿銘仙：和服布料的名稱，使用碎屑的絲捻成有粗節的線，再平織成布料，因此觸感一般較不滑順，但卻非常耐用。

「花菱男爵人在橫濱吧？小姐您去麴町拜訪，也未必見得到人啊？」

鷹孀說出了疑慮，鈴子卻有一種預感，孝冬早已恭候大駕了。孝冬一定也料到，鈴子得知這樁婚事絕對會去向他討個說法。

鈴子有這樣的直覺，而且她的直覺從來沒有失準過。

不少華族的宅院都坐落在麴町和赤坂一帶。像麴町和赤坂這些宮城外圍的市鎮，北面到西面地勢較高，又稱為「山之手」地區，地勢較低的是下町。同樣是赤坂地區，瀧川家的所在地歸在山之手，田町等區域則歸在下町。山之手顧名思義，就是位於臺地的區域。

過去東京還稱為江戶的時候，達官貴人的宅院也都坐落在山之手區域。到了明治時代，所有宅院都被政府充公，成了官用地和軍用地。有的蓋起了行政機構，或是充當官邸，也有拿來當練兵場的。沒用到的宅院便任其荒廢，只剩下斷垣殘壁，還沒腐朽的也被解體清運，徒留一地雜草。

明治初期，這些土地完全沒人打理，狀況慘不忍睹。政府處理不來想要盡快脫手，但狀況差到沒人想買。後來社會逐漸安定，居民也增加了，慢慢恢復往日的榮景，就發展成現在看到的模樣。鈴子無法想像這一帶過去荒蕪的景象，只是她小時候在淺草，一起生活的老爺爺提過當年的往事。

位在麴町的花菱家腹地不算廣大，房子卻很氣派。那是一棟磚瓦砌成的雙層洋房，牆上還爬滿了藤蔓。房屋的邊邊角角和窗框，也用白色的花崗岩布置，上面雕有花菱的圖案。玄關大門和窗上的彩繪玻璃作工精細，同樣有花菱的圖案。

瀧川家也有氣派的洋館和傳統的日式宅院，鈴子早就見怪不怪了，但比起瀧川家洋館的巍峨壯闊，花菱家別緻多了。與其說是洋館，更像是別種建築物。

或許是牆上爬滿藤蔓的關係，房子怪陰森的。也可能是鈴子的心情不太美麗，才會有這種感想吧。

鈴子沒有事先知會要來，但車子一開近花菱家，守衛就放人通行了。一名穿著打扮都像管家的青年，站在玄關相迎。車子在門廊前停了下來，下人打開車門。鈴子一下車，管家鞠躬行禮，也沒問鈴子的身分和來意，只說他們已經恭候多時了。這管家應該才二十多歲，卻有上年紀的人才有的沉穩風範。要不是他太年輕，鈴子還以為這個人是管事。

玄關大門的上半部有美麗的彩繪玻璃，有人從屋內打開大門。

「歡迎啊。」

孝冬神色自若地出來見客，今天他穿的是淡灰色的西裝。

「我估計妳也差不多該來了。」

鈴子找不到合適的答覆，她凝視著孝冬的臉龐，想看出他的心思。孝冬臉上掛著淺淺的笑容，眼神卻看不出一絲感情。

「請進。」

明亮的陽光自天井灑落玄關大堂，鈴子進門後聞到一股清香，想找出香氣的來源。廳堂的左右兩邊都有門，盡頭的轉角處還有樓梯。再過去好像是走廊，左右兩邊的門應該是通往會客室這一類迎賓場所，穿過走廊才是通往起居的空間吧，香氣似乎是從裡邊傳來的。當然香氣肉眼難辨，這純粹是鈴子的直覺罷了。

「隨侍的女士，這邊請。」

管家請鷹嫲進入左邊的門，鷹嫲挑起眉毛，對這樣的安排頗有微詞。

「我要陪我們家小姐。」

鷹嫲不能放他們孤男寡女共處一室。管家看著孝冬，尋求孝冬的指示，孝冬則徵求鈴子的意見。

「我不是來喝茶聊天的。我來到這裡，是要跟你打開天窗說亮話，不是來拐彎抹角互相試探。」

鈴子轉身對鷹嬸說。

「讓我一個人跟他談吧。」

鈴子的語氣很堅定，鷹嬸再怎麼嘮叨，也只能輕嘆一口氣，無法逾越自己的身分。

「請跟我來。」孝冬帶領鈴子入內，前往香氣的來源。兩人拐過盡頭的轉角，那裡果然有一道走廊。香氣更濃郁了，這的確是鈴子前幾天聞到的香味。孝冬繼續前進，在其中一扇門前停了下來。

「——妳有聞到味道嗎？」

鈴子仰望孝冬，答道。

「跟我前幾天聞到的味道一樣……」

孝冬默默頷首，臉上的笑容也消失了。他一打開房門，嗆鼻的香氣迎面而來，鈴子舉起衣袖護住口鼻。香氣本身典雅宜人，但濃密到這個地步實在令人喘不過氣。

門內是一間四坪大小的洋房，地板鋪滿馬賽克磚，牆上也貼滿磁磚。窗戶做得很小，又開在比較高的位置，所以室內光線並不充足。圓形的窗上也有花菱圖樣的彩繪玻璃。室內擺設只有牆邊的櫃子，以及放在中央的小桌子。桌上有一個香爐，爐上還有牡丹的花紋。鈴子以為香氣是從那裡傳來的，可是又看不到煙霧飄出來，可見還沒有焚香。

「這是色鍋島香爐，特製品。」

孝冬指著香爐解釋，鈴子不太懂器物的好壞。

「是嗎……」

「水準不夠的東西，她是不會接受的。」

「你說的是誰？」

「妳前幾天不是看過了嗎？」

「……就是你說的『上臈』？」

孝冬臉上浮現出不太明顯的笑容。

「是的。」

「那玩意兒是鬼魂？」

「妳這樣稱呼她，她會鬧脾氣的。人家畢竟是達官貴人，性格可孤傲了。」

「……請問，那位上臈是鬼魂嗎？」

鈴子換了個說法，孝冬側過頭想了一下。

「正確來說，是冤魂吧。」

「冤魂……」

鈴子想起那個吃掉女鬼的上臈。

「這件事說來話長了。」

孝冬說完這句開場白後，望向香爐。

「花菱家代代都是神社的宮司，這我說過了對吧。我們在淡路島的神社擔任宮司，妳有去過淡路島嗎……？沒有啊。那是個好地方喔，改天我帶妳去吧。搭火車去比較快，其實坐船旅遊也很不錯，妳會暈船嗎？」

「這不是重點吧？」

「那好，旅遊的事我們稍後再談。對──花菱家在淡路島的神社擔任宮司，古時候好像還是淡路島的領主。淡路島位於海路要衝，我們早年效忠天皇家，將漂流而來的香木敬獻給天皇。因此，花菱家跟天皇家的關係可謂淵遠流長。而那一座島嶼也是收容落魄貴人的地方……啊啊，簡單說就是被流放的貴人。好比淡路廢帝……淳仁天皇，還有早良親王這一類的貴人。」

鈴子對孝冬講的人名完全沒印象。家教老師也有教她歷史，但她都忘光光了。她只知道那些人肯定是貴人，不然也不會叫天皇或親王了。

「被流放的貴人終究還是身分顯赫，也不能放著不管，得找人伺候他們才行。花菱一族的女子就負責這件事。淳仁天皇被流放後，就死在那座島上，早良親王甚至還沒抵達島上就去世了。這些含冤的魂魄不可能安息，尤其早良親王更化為可怕的冤魂。花菱一族的巫女，就負責安撫那些冤魂。」

「巫女……」

「像這種事情也是有一套規矩的，在古代的律令《延喜式》當中，就有明確的記載。負責的巫女又稱為『御巫』，御用的御，巫女的巫，有神之子的涵義。花菱家的女子世世代代擔任御巫，負責鎮住淡路島的冤魂。沒想到——」

孝冬指著香爐說道。

「後來情況顛倒過來了。」

「顛倒過來？」

「本該安撫冤魂的人，自己變成了冤魂。」

鈴子難掩驚訝。

「為什麼？」

鈴子像個小孩子一樣，以天真的口吻提問。孝冬瞇起眼睛觀察她的反應，鈴子趕緊轉移視線。

「沒人知道確切的原因。御巫每年都要前往朝廷，其中一任御巫半途遇上了殺劫。關於這一點眾說紛紜，因為御巫帶著要獻給天皇的香木，可能是遇到海盜襲擊，或是被朝廷的人設計陷害。總之，御巫死後，鮮血染上了香木。天皇感嘆御巫的遭遇，追封她三品官位，但御巫仍然化為冤魂，附在那一塊香木上——整件事就是如此。」

「換句話說，那個冤魂也是你們花菱家的人？」鈴子看著香爐。

「照理說是這樣。從這個故事不難推斷，當年花菱一族把持著對外貿易的門路，妳不覺得這當中有什麼蹊蹺嗎？」

「咦？」鈴子不解地歪著頭。

「拿來獻給天皇的香木，是所謂的沉香。日本國內並沒有出產沉香，但花菱家每年都不缺進貢的沉香。他們不可能整天賭運氣等沉香漂來，一定是靠交易買來的吧。」

「對吼……」

孝冬苦笑道。

「沉香是很貴重的物品喔。」

「沉香是木頭對吧？」鈴子是越聽越糊塗了。

「是木頭沒錯。」

「所以是很貴的木頭？」

「很貴的木頭。」

「是喔……」

鈴子實在不能理解那些達官貴人的價值觀。

「又不能拿來吃……」鈴子犯嘀咕，孝冬隔了一拍後，放聲笑了。

「哈哈，就是說啊。」

原來這個人也有開朗的笑容啊。鈴子有些詫異，隨後乾咳一聲說道。

「這麼說來，我前幾天看到的那個上臈，就是花菱家的女子化成的冤魂嘍？」

「沒錯沒錯，就是那樣。」

「在我看來，那個上臈好像會吃鬼魂吔？」

「妳說到整件事的關鍵了。」

「是嗎？」

「她會吃鬼魂，冤魂吃鬼魂，說是同類相啖也沒錯吧？反正，她以鬼魂為食。」

「為什麼她要吃鬼魂啊……」

「不知道。」孝冬也沒多想，給了一個很直白的答案。

接著他又補充道：「原因並不清楚，反正就是這麼一回事。我們花菱一族的後代，必須供養她才行。」

「供養——意思是，要給她鬼魂吃？」鈴子總算聽明白了。

——這就是前幾天那個吃鬼的真相？

「正是。妳一聽就懂，真是太好了。」孝冬很開心地點點頭。

要不是鈴子親眼所見，她也無法理解。

「花菱一族的後代，必須找鬼魂給她吃才行，否則冤魂會作祟。」

「作祟？……大家不都是同一族的嗎？」

「壞就壞在大家是同一族的，她才有辦法逼我們履行義務啊。不照辦的話——」

「不照辦會怎樣？」

「會死。」

孝冬別過頭，一時流露出寂寞的笑容。

「我的家人，全都死了。祖父、父母、兄長，無一例外。」

「……」

鈴子皺起眉頭，戴著蕾絲手套的雙掌，緊緊交握在一起。

「我祖父那一輩的，其實有好好供養她。不過，當年花菱家內部出了點糾紛，他們自顧不暇，疏忽了供養，就這樣慢慢死絕了。當然，也不清楚他們的死因是否真的跟作祟有關，反正冤魂作祟大概就是這麼回事吧。」

孝冬臉上的笑容，變得有些涼薄。

「家中出了作祟的冤魂，前幾代人也想過要作法驅邪除了祂，無奈都以失敗收場。作法驅邪也除不掉那冤魂——儘管前面講了那麼多，我只希望妳明白一件事就好，妳現在非跟我結婚不可。」

「為什麼？」

鈴子疾言厲色反問孝冬，孝冬氣定神閒，笑著回答。

「妳被她挑中了。被她挑中的人，注定逃不了。」

「咦？」

「妳聞到香氣了對吧？明明沒有焚香，妳卻聞到了，這代表她很中意妳。花菱一族當家的婚配人選，都是由她決定的，一定得是她喜歡的人才行。大概是妳有陰陽眼的關係吧，萬般皆是命，妳就死了這條心吧。」

「啥……不是、你這話是什麼意思——」

——我被那個冤魂，選為花菱家的媳婦？

這已經超出鈴子的理解範圍了。孝冬皮笑肉不笑的模樣，感覺陰陽怪氣的，鈴子怯生生地後退幾步，孝冬立刻抓起她的左手。

「對你們瀧川家來說，這樁婚事有利無害。多了一個搖錢樹，妳父親也十分樂見其成吧。妳那個繼承家業的大哥，跟妳父親南轅北轍，是個很嚴謹的人呢。好像在外務省[11]高就是吧？上次我們還見過面呢。哎呀，我和他可投緣了。至於妳那個在宮內省[12]任職的二哥，我倒是還沒見過，只聽過一些傳聞。妳的兩位兄長都是能幹可靠的人，跟他們結成親家我也安心啊。」

聽這說法，孝冬肯定早就摸透瀧川家的一切了。鈴子一把甩開孝冬的手，怒目相向。

「妳盯著我的眼神，彷彿能看透一切，真可怕呢。」

孝冬嘴上說害怕，臉上卻毫無怯意，而且他接下來說的話，讓鈴子寒毛直豎。

---

[11] 外務省：日本對外關係事務的最高主管機關。等同於外交部。

[12] 宮內省：日本曾經設置的政府部會，主要掌管天皇、皇室及皇宮事務，存在於律令制時代、大日本帝國時期，一九四七年改制為宮內府，一九四九年再度改制為今天的宮內廳。

「『淺草的千里眼少女』……原來如此，人如其名呢。」

鈴子還沒來得及思考，身體已經先有了反應。她轉身衝向門邊，伸手握住門把。孝冬按住她的手，不讓她開門離去。

「妳不用害怕沒關係。」

孝冬溫文儒雅的語氣，讓她更害怕了。

「我沒打算公開妳的身分。畢竟當年轟動一時的千里眼少女，如今竟然當上了華族千金，若是被其他人知道了，想必很難收拾。妳說是吧？」

「……你怎麼知道的？」

「我在報社也有人脈。不過我也是瞎猜，試著套妳的話罷了。妳看得到鬼魂，我就把妳跟那個六年前銷聲匿跡的千里眼少女串連在一起。不知道妳有陰陽眼的人，也沒法做出這種聯想吧，畢竟又沒留下任何照片。」

鈴子被接回侯爵家撫養之前，是靠「千里眼」維生的。所謂的千里眼，是一種可以遠望千里的神通。例如透視物體，說出遠方發生的事情，或是發動念力，在玻璃乾板上顯影——總之是指這類不可思議的超能力。

明治末期，也有幾個女性具備同樣的能力，引起了不小的話題。特異功能之說喧騰一時，許多專家學者爭辯不休，最後卻留下令人扼腕的結局。兩名擁有千里眼神通的女性身亡，替這起震驚社會的事件畫下休止符。

鈴子不具備透視或念力顯影的能力，她只能猜出對方的過去，或是找出失物。但一個小孩子有這種本事，還是博得了不錯的風評。她是怎麼辦到的呢？說穿了都是鬼魂告訴她的。當然，她也用了一些詐欺手段，好比觀察對方的身段和舉止，推測出可能的答案。

「千里眼少女已經銷聲匿跡六年了，我認識的記者之所以還記得這件事，主要是當年發生過一件大案，令人記憶猶新。一件始終沒有偵破的凶案，就發生在淺草的貧民區，死者是三名貧民，都是利用千里眼少女賺錢的人。從那一天起，千里眼少女也消失了……」

孝冬咧嘴一笑，眼神卻完全沒有笑意。

「如果妳以前的身分被揭穿，絕不是鬧出一點小風波就能了事的。說不定還有更大的麻煩在等著妳呢。至於那是什麼樣的麻煩，可就不好說了。」

鈴子緊咬著嘴唇。

「妳四處蒐集各種靈異怪談，也跟這件事脫不了關係吧？——當然了，妳不想說我也不會多加干涉。」

鈴子早已無力握住門把，孝冬將她的手從門把上移開，也不再握著她的手。孝冬換上溫柔的笑容問她。

「那好，我再問妳一次。妳願意嫁給我嗎？」

這人根本是頂著菩薩外皮的阿修羅——鈴子是真心這麼想的。

從花菱家回來後，鈴子每天都抑鬱寡歡。瀧川府內上上下下忙進忙出，販賣各種高級服飾和珠寶的商人，也笑咪咪地來推薦商品，這些都是要張羅鈴子結婚的禮服和嫁妝。

鈴子和孝冬的婚事談妥了。人家話都說到那分兒上了，鈴子也只好乖乖就範。孝冬用的就是威脅，只是語氣比較婉轉一點而已。

華族結婚要經過宮內大臣許可，向宮內省提出申請。但花菱和瀧川兩家都是華族，宮內大臣也不可能反對。

鈴子抱著一種事不關己的態度，眺望家中的忙亂景象，表情悶悶不樂。

「嫁人之前都會悶悶不樂啦。」

其中一個同父異母的姊姊雪子，得意地說出經驗之談。

「東西我們替妳挑，小鈴妳去休息就好。」

另一個同父異母的姊姊朝子，把綾羅綢緞攤在榻榻米上，一副興致盎然的模樣。雪子和朝子是雙胞胎，五官神似，卻又不到無法分辨的地步。

「挑選別人的新嫁衣啊，比挑選自己的新嫁衣愉快多了。」

「對啊，隨便挑也不用負責嘛。」

兩位姊姊口無遮攔，也沒在顧及鈴子感受的。當她們得知鈴子要結婚了，回娘家的次數也更為頻繁。鈴子不曉得如何挑選婚禮服裝和嫁妝，有兩個姊姊幫忙自是再好不過。

「婚禮辦在帝國飯店嗎？」

「要先在華族會館舉行宴客茶會和晚餐會，婚禮則在其他地方舉行。妳也知道，男方家世代都是神職嘛。」

「唉唷，該不會要去淡路島的神社舉辦吧？」

「問她啊？」

「我不知道。」鈴子據實以告，她是真的不知道。

早年人們都是在家中完婚，近年則流行神前結婚典禮。當代天皇尚未即位之前，舉辦的就是神前結婚典禮，日比谷大神宮也在同一年制定了神前結婚的禮法。後來，簡化版的神前結婚典禮開始在民間普及。

華族結婚不只要舉辦正式的典禮，還得宴客招待親朋好友。花菱和瀧川兩家要招待的賓客太多，所以才分成茶會和晚餐會。一想到這些繁文縟節，鈴子又更沮喪了。

「外袍那一件打掛，最好要有精美的刺繡，用金銀絲線繡出松枝的圖案應該不錯吧。然後內裡一定要是紅色的，而且是那種高貴典雅的朱紅色。婚禮要用的服飾啊，還是要走復古的風格才好。頭髮就綁成島田髻⑬，再配上頂級鱉甲製成的髮簪。」

「色打掛⑭選用龜甲紋和鶴紋刺繡，才顯得喜氣吧。松竹梅和各種奇珍異寶的圖樣，就用在袱紗⑮上頭吧。不同季節穿的和服，也得多挑幾件讓她帶去夫家才行。」

這一對同父異母的姊姊，年紀比鈴子大十多歲。鈴子當初被接回來撫養，兩姊姊就把她當洋娃娃一樣疼愛。她們一直很想要可愛的妹妹，理由是弟弟實在太不可愛了。

「二位姊姊，拜託妳們適可而止就好啊。」

兩位「不可愛」的弟弟，也來到鈴子她們所在的和室。不苟顏笑的是未來的瀧川家之主嘉忠，另一位神情不悅的則是次男嘉見。今天禮拜日公休，兩位公務員也回到了老家。

「妳們挑的嫁妝太奢華，外人說閒話就麻煩了。」

「嘉忠啊，你還是老樣子，開口閉口都只會講一些無聊的事情。」

「人家是未來的當家，要操煩的事可多了，很可憐啊。」

嘉忠嘆了一口氣，他也習慣這種待遇了。

「我反對喔。」

這句話是嘉見說出口的。嘉忠和嘉見兩兄弟都長得很俊俏，嘉忠長得像父親，嘉見長得像母親千津。他們只有長相跟父母相似，個性完全不一樣。

「唷，嘉見也贊成嫁妝應該奢華一點嗎？」

被雪子這麼一問，嘉見不高興了。

「我不是在講嫁妝，我反對的是這一門婚事。花菱家怎麼想都很古怪吧？」

「咱們家也半斤八兩啦。」

雪子的話把朝子逗笑了。嘉見聽了更火大，要姊姊別插科打諢。在所有兄弟姊妹中，鈴子覺得嘉見和自己脾性最相近。

「花菱家前後三代都死絕了，還把送出去當養子的次子找回來繼承爵位，連家中老母都

⓭島田髷：日本舊時流行的一種女性髮型，多為年輕女性或藝妓、遊女（娼妓）等職業的女性所梳結，已成為日本文化的代表特色之一。

⓮色打掛：武家女性常用的禮服。

⓯袱紗：禮儀用的方形絹布。

死了吔。」

「我們家也一樣啊，嘉忠和小鈴的母親也是年紀輕輕就走了不是嗎？之前那一波流感，也死了不少人。人命其實比你想的脆弱啊。」

朝子理性說出見解，雪子也語重心長地表示認同。

「對啊。我丈夫的公司，也有好幾名正值壯年的員工，生病走了。」

「我就說了，我不是那個意思……」嘉見抓抓腦袋，又補充道。

「我看不慣那個男爵啦，怪可疑的一個人。」

果然，嘉見和鈴子有同樣的感性。

雪子開懷地笑了。

「嘉見，你是看不慣妹妹被人搶走吧？我和小朝出嫁的時候，你也說過一樣的話。」

「不是，這跟兩位姊姊的情況不一樣啊——」

「你只是不喜歡生意人吧。」嘉忠也表示意見了。嘉忠對兩位姊姊完全沒轍，對嘉見和鈴子說話倒是毫不婉轉。

「花菱男爵被送到商家當養子，見多識廣，也懂人情世故。而且，做事懂得瞻前顧後，不是那種虛有其表的人。我跟他見過面，他的人品我敢掛保證。」

——嘉忠大哥人也太單純了……

鈴子看著嘉忠那張憨直的臉龐。嘉忠一聽到別人的辛酸故事或悲劇，就會產生悲天憫人的心情，或許是對自己咬著金湯匙出生感到愧疚吧。鈴子很擔心這位大哥受騙上當，瀧川家的人也一致認為，得替他找個精明的媳婦才行。

「鈴子，比起那些不懂民間疾苦的名門之後，妳應該更喜歡虛懷若谷的人對吧。」

——大哥，你口中那個虛懷若谷的人，幾乎是用半強迫的方式逼你妹嫁人。那也配叫虛懷若谷？根本是老奸巨猾吧。

「怎麼，瞧妳悶悶不樂的，不喜歡這門婚事嗎？」

「……大哥你別光說我，你自己有想過要結婚嗎？」

嘉忠突然畏畏縮縮的，目光也游移不定。

「我……我還不急啊，等三十歲或四十歲再結婚就好。」

「話不是這麼說，你也考慮一下婚配對象的感受啊，嘉忠。瀧川家的下一任當家，當然是要娶年輕貌美的姑娘。人家年輕貌美，結果嫁給你一個三、四十歲的大叔，像話嗎？」

「唔……」

朝子嗆得嘉忠一句話都說不出來。

「婚配之事麻煩死了。」嘉見別過頭嘀咕。兄弟倆從小看到父親花天酒地，對女性關係也就特別消極了。

「嘉忠啊，今年夏天來輕井澤一趟吧，我丈夫的同學有個妹妹，介紹你認識一下。」

「我心領就好。」

「嘉見看人還算有眼光，你就比較讓人擔心，感覺容易被壞女人拐走。」

嘉見和鈴子一同點頭，無比贊同。

「才沒這回事——先別說我了，我們剛不是在討論鈴子的嫁妝嗎？」

「啊！對吼，怎麼聊到你的婚事了？」

嘉忠拿起茶几上的商品目錄和圖鑑翻閱。

「這什麼？戒指？有需要這種東西嗎？」

「啊啊，那是我要的啦。我打算買夏天要用的衣服和飾品。」朝子拿回嘉忠手上的目錄和圖鑑。

「姊姊手頭很寬裕啊。」

「託你的福啊。」朝子笑著答話。圖鑑上有各種晶瑩剔透的翡翠和水晶戒指，每一種都像日本畫一樣細緻精美。

「我是想買翡翠戒指，好搭配和服腰帶上的飾品。現在那種飾品，主要還是流行翡翠和碧璽（粉紅碧璽）……可是一味追流行也不好嘛。至於鑽石，夏天戴在身上又太亮眼，我不是很喜歡，珠光寶氣怪俗氣的。」

「前些年戰爭景氣大好的時候，鑽石戒指賣得很好。所以小朝才不感興趣對吧？」雪子笑話自己的好姊妹，說她總是喜歡特立獨行，朝子聳聳肩說道。

「大概吧。不過那是我的誕生石，我有打算買一顆。」

「誕生石？」不懂珠寶的嘉忠，歪著頭大呼不解。

「每一個月分都有各自代表的寶石，好像是三越推廣的吧。」

「最先搞這一套的是美國吧？三越只是學過來，當成商業手段罷了。」大正二年，市面上推出了誕生石戒指，又稱為「十二生辰戒指」。最先販賣的是三越吳服店，他們想出了很多賺錢的花招。

「還有合成寶石的誕生石喔，你們知道嗎？」

「妳說的是希望誕生石吧。」朝子立刻答覆雪子的疑問。瀧川家沒有人比朝子更懂珠寶和飾品，不愧為千津的女兒。

「合成寶石是進口的便宜貨對吧？華族不該戴那種東西。」嘉忠講出這句話，想證明自己也是有點見識的。

朝子笑咪咪地回答他。「也不是便宜就不好啊，嘉忠。寶石和飾品都是要戴自己身上的，自己喜歡就好嘛。」

「合成寶石很流行喔，賣得可好了，嘉忠。」雪子說完這話，還不忘提醒弟弟。

「嘉忠，你分不出寶石的真偽和好壞，剛才那些話千萬別在外人面前說出來，搞不好你碰到的婦人，戴的就是合成寶石。」

「我不會多嘴啦……」

嘉忠一臉憔悴。他只是不小心講出自己對寶石的感想，就被兩位姊姊洗臉，往後應該都不敢參與這個話題了。嘉見比較長眼，遇到類似話題絕對不會插嘴。

聽哥哥姊姊談論合成寶石，鈴子又想起室辻子爵家的鬼魂。

「最近……有藝妓被殺害的社會案件嗎？」

鈴子沒管好嘴巴，把心裡想的事情說出來了。

「咦！討厭啦，妳在說什麼？有藝妓被殺身亡？」

雪子和朝子都皺起了眉頭。

「半個月前好像有吧。」答話的是嘉見，他百無聊賴地翻閱商品目錄。

「是赤坂的藝妓對吧。報紙上有登啊，我忘記是強盜殺人還是情殺了。」

「那犯人抓到了嗎？」

「妳問我我問誰啊，應該抓到了吧？」

「……是在赤坂被殺害的？」

「就跟妳說了，詳細情形我不清楚，妳去看報紙啦。」

「你只說『半個月前』，我哪知道要找哪一天的報紙啊？」

「嘰嘰喳喳煩死了。就那一天啦，之前大家不是一起去賞花？我記得是在隔天的早報看到的。」

「所以是——」鈴子回溯記憶，思考大家去賞花是哪一天的事情。她還沒想起來，朝子就說出答案了。

「是四月十日禮拜六，那一天是春暖花開的吉日，大家都說是賞花的好日子啊。我們替小鈴換上櫻花色的和服，配上鱗紋腰帶，就像戲曲的女主角一樣可愛動人呢。然後，嘉忠你還喝醉了。」

「這種事不用記沒關係啦，朝子姊。」嘉忠的表情很尷尬。

換句話說，報導是刊在隔天十一日的早報上，那一天的報紙還留著嗎？

「舊報紙有很多用處，應該還留著，去問問福姨吧。」

雪子提到的福姨，是女侍長。

「我去問問。」鈴子正要起身，姊姊和哥哥們面面相覷。

「妳又對那些稀奇古怪的事感興趣了？」

嘉見先發難了。

「看報導沒關係，太可怕的事還是少碰為好。」

「對啊，一下鬼故事一下又殺人的，多晦氣啊。」

朝子和雪子也異口同聲反對。這兩位姊姊對鈴子挺包容，唯獨對她蒐集靈異怪談的興趣不敢苟同。她們很擔心這位小妹。

「好啦，我去幫妳跟福姨拿報紙。」

嘉忠起身後又說了一句。

「妳看過就好，可別說妳想去案發現場喔。」

「……我才不會那樣講……」鈴子閃爍其詞。

嘉忠離開之前，以哥哥的身分勸誡妹妹，要她乖乖聽話。

嘉見說得沒錯，那篇報導就刊在十一日的早報上。赤坂的藝妓小萬在自家遭到割喉，倒臥血泊一命嗚呼。警方沒找到凶器，屋內又有翻箱倒櫃的痕跡，推斷可能是強盜殺人。

「這種報導沒啥好看的。」嘉忠不悅地抽走報紙，因為凶案報導都寫得特別聳動血腥，好引起讀者的興趣。這篇報導也以斗大的標題，印著「血花四濺」幾個字。

「犯人沒抓到吧？如果抓到了，嘉見哥哥一定會有印象啊。」

而且案件本身極具衝擊性，犯人落網絕對會大書特書。

嘉忠嘆道：「不管有沒有抓到犯人，那都跟妳沒關係，忘了這件事吧。」

鈴子抬頭望著嘉忠。

「大哥，平民百姓被殘忍殺害，你無動於衷就對了？」

「我……我又沒那樣講。」

「你說那跟我們無關啊。反正才死幾個藝妓，犯人有沒有抓到也不重要對吧。」

「我不是那意思……」

「你都不同情死掉的藝妓嗎？被那樣殘忍殺害，太可憐了。」

「我當然同情啊，是很可憐沒錯。」

「所以，會在意犯人有沒有抓到也很正常吧？這就是同理心啊。」

「嗯……這，也是啦。」

「大哥，你有認識警察對吧？麻煩去打聽一下可好？」

「咦咦？要我去打聽？」

鈴子凝視著哥哥，神色哀戚地低下頭來。

「好……好啦，我大學同學在警視廳任職，我幫妳打聽一下。」

嘉忠拗不過妹妹，跑去打電話。

——大哥一定很容易被壞女人拐走，真令人擔心。

果不其然，犯人並未落網。凶案發生在赤坂區溜池町的小型藝妓屋，老闆娘雇了幾個藝妓，四人一起討生活。某天傍晚，老闆娘和其他藝妓回到店裡，發現小萬被割喉身亡。小萬本名山居兼，二十歲。那一天大家說好了要去賞花，但小萬身體不適，就獨自留在店內了。

「那女子挺可憐的，老家在會津一帶的山村，前陣子流感肆虐，同村的人都死光了，只剩她一個。當然，她的家人也去世了。偏僻的山村孤立無援，才會發生這種憾事吧。」

嘉忠打心底同情那名女子。

「後來，她的情緒一直很低落。老闆娘和同事本來打算帶她去賞花，替她排憂解悶。她們都很後悔留她一個人看店。」

「報紙上說可能是強盜殺人……警方怎麼看？」

「這就不好說了。我朋友好歹是警察，不可能為了一點私交，透露調查中的案子。」

鈴子點了點頭。換句話說，凶案也可能是熟人或關係密切的人所為。

「希望早日逮捕犯人歸案啊，不然太沒天理了，亡者也無法安息吧。」

嘉忠長嘆一口氣，他對這種悲劇很沒抵抗力。

——被割喉的藝妓……

鈴子想起在室辻子爵家，看到那個喉頭冒血的女鬼。子爵夫人說，三味線的聲音是在半個月前出現的，跟凶案發生的時間點吻合，所以那女鬼就是山居兼嘍？

鈴子向嘉忠道謝後，回到自己房間。她沉思了一會兒，拿起蕾絲手套和陽傘，請女傭找來鷹嫱。

「小姐，您要去哪裡？」

鷹嫱狐疑地詢問鈴子。

「我出去散散心。」

「只有散心嗎？」

「途中我想順便買些點心，妳幫我去跟鶴見拿錢好嗎？」

鶴見是瀧川家的老管事，已經六十多歲了，但才幹卓絕，上一代侯爵也把「檯面上的家務」交給他操辦。家中的人要買東西，得先跟他知會用途，由他酌情撥款。

「您要吃點心，跟我們常光顧的店鋪訂就行了。」

「我就想在散步的時候，順便買點心啊。」

「花印大人。」

鷹孀以緩慢的語氣，鏗鏘有力地說出這個名號。「花印」一詞指的是鈴子，華族都有專用的印和名號，主要是避免直呼名諱，或直接寫出名諱。一般都是用松梅這類的字眼。鈴子的物品上也都有「花印」或「花」字。雪子是梅，朝子是桃，嘉忠是松，嘉見是竹。

鷹孀用這種方式稱呼鈴子，是要她別忘了自己高貴的身分。

「我知道妳的意思，別擔心。」

鈴子要鷹孀放心，鷹孀的眼神還是充滿懷疑。

赤坂的溜池町顧名思義，這裡以前是蓄水區域。由於地名取得直截了當，反而保留了人們往日的回憶。

據說，那是江戶初期建造的蓄水池，形狀狹長且占地廣大。蓄水池本身是江戶護城河的一部分，也有供給飲水的作用。既然可當飲用水，水質自然不會太差。裡頭還有來自琵琶湖和淀川的鯉魚和鯽魚，水面上也有蓮花和螢火蟲飛舞。附近一帶成了郊遊踏青的好去處，周圍也就開了各種茶鋪和商店，專門做遊客的生意。這些店鋪開在蓄水區周邊，發展成赤坂田町的花街。

到了明治時代蓄水區被填平，蓋起了軌道設施和城鎮，城鎮就是現在的溜池町。瀧川家的宅院同樣位於赤坂區，離溜池町還算近。赤坂區的軍用設施腹地寬廣，瀧川家和其他華族的宅院，就坐落在城鎮和軍用設施之間。

鈴子帶著鷹嬸，去一家人常光顧的點心鋪買煉羊羹，接著往溜池町的方向走去。從田町到這一帶有不少料理屋和茶鋪，政府機關就在附近，赤坂花街常有高官和軍人出沒。這些高官和軍人都是晚上才來尋歡作樂，現在大白天，街上只有叫賣菜苗和盆栽的商販，還有揹著竹簍回收廢品的，以及送外賣的店小二。也有沒睡飽的藝妓，準備去學三味線。

路上往來的多半是平民，路面電車破風前行，後方有汽車橫越道路。巷弄中的集合住宅，傳來小孩子開懷嬉戲的笑聲，和市鎮的喧囂融為一體。

才五月初，今天戶外已經很悶熱了。鈴子撐著陽傘還能感覺到火辣辣的陽光，頸部也滲出了汗水。灑水夫有在路上灑水防止塵埃飛舞，水分蒸發後，形成熱氣蒸騰的景象，瀰漫著青草的氣味。

散步的時候，鈴子穿的不是正式和服，而是居家用的銘仙和服。陽光的熱氣比較不會殘留在銘仙平滑的布料上，翠綠色的布料配上白色的箭羽紋樣，看上去十分涼爽。鈴子一大早就料到今天會很悶熱，選擇這一套和服果然是對的。

後方有一輛車開過來，車速突然放慢，緩緩靠近鈴子。戰時日本景氣大好，市面上的車輛也變多了，但車禍也更加頻繁。鈴子害怕發生事故，每次有車子要通過，她都會主動靠到路邊，這一次也不例外。不料那一輛車又靠過來，鈴子嚇了一跳。車子停在路邊，後座半開的窗戶中，有人叫喚鈴子，原來是孝冬。

「嚇到妳了嗎？真是不好意思，因為剛好看到妳，想說打個招呼。」

鈴子後退了一步。

「請問有何指教？」

「也沒有，就剛好看到了。」

孝冬戴上紳士帽開門下車，叫司機先把車開回去。他身上穿著很正式的銀灰色西裝，可能是太熱的關係，西裝外套脫下來拎在手上。白襯衫的袖口上，別著縞瑪瑙製成的袖扣。深藍色領帶搭配珍珠製的領帶夾，懷錶的金鍊從背心的扣眼延伸到口袋。這一身裝扮樸素又不失格調，跟他非常相襯。

「這大熱天的，妳要去哪呢？」

「我只是出來散心。」

「那我也一起散心吧。」

「有事要談嗎？」

「確實是有，但改天再談也行，反正以後有的是機會。」

「……」鈴子沉默不語，逕自前行。

「妳常散步嗎？多散步對健康也有好處嘛，而且可以了解世風民情。我在橫濱長大的，東京的每個地方對我來說都很新奇有趣。」

「……」

「我的養父母有帶我去過淺草十二階。葫蘆池的紫藤也快開滿了，我們一起去看吧，妳看如何？」

「……」

「鈴子小姐？」

「你不是說有話改天再談？」

被鈴子碰了一鼻子灰，孝冬卻笑得很歡快。彷彿他早就知道鈴子會有什麼反應，還故意來刺激鈴子，實在令人不快。

——討人厭的傢伙。

這人的性格肯定很扭曲，跟嘉忠、嘉見兩位哥哥完全不一樣。過去鈴子靠千里眼神通賺錢的時候，看過各式各樣的大人，孝冬不像任何一種。

「我不會去淺草。」鈴子說得斬釘截鐵。

自從被瀧川家收養後，她就沒去過淺草了。就算她想去，也怕到沒辦法去。

孝冬保持笑容，點點頭說：「那我們不賞紫藤，改去麻布的笑花園賞牡丹吧。還是妳比較喜歡薔薇？那就要去向島的長春園了。」

鈴子自顧自前行，完全不理會孝冬。她拐彎走進一條岔路，裡邊有一整排掛著門簾賣糰子和餐點的店鋪。對面則是大戶人家的傭人專用的宿舍。烤糰子的香氣遠遠飄來，行商和車夫就坐在店門口吃著糰子休息。

身後的孝冬指著前方說道。

「妳要找的藝妓屋，就在那個轉角過去的巷子裡。」

鈴子嘆了一口氣，望著孝冬說。

「你什麼都知道就對了？」

「我隨便猜也經常猜中。」

「你不當算命的，太可惜了。」

「有妳掛保證，那應該是錯不了。」孝冬愉快地笑了。

「小姐。」

鷹嬸在鈴子後方，壓低音量質問這是怎麼一回事。

「我有些事情想打聽一下。」

「去藝妓屋打聽？那可不行，我們還是回去吧。」

「花菱男爵也在，無妨吧。」

「這怎麼行呢？」

主僕倆各說各話，鈴子並沒有停下步伐。一行人拐過轉角，孝冬說話了。

巷子裡有一整排的小房舍，當中有店鋪和民宅，也有當鋪和打鐵鋪的看板。冷清的巷弄中，只聽得到打鐵的聲音。孝冬所言不差，前面的民宅走出一名十七、八歲的少女。玄關的

「哎呀，快看，有人出來了。」

屋簷下方，擺著幾株牽牛花盆栽，增添了幾分情趣，應該是跟賣花苗的行商買來的吧。看少女綁的髮型，可能也是藝妓吧。打扮得是挺標緻，卻又缺幾分清新脫俗。

少女揣著一個布包走來，大概是要去跑腿吧。鈴子請對方留步。

「打擾一下，請問——妳是小萬女士的好姊妹嗎？」

「您是哪位？」少女嚇得抖了一下，反問鈴子的身分。

「抱歉驚擾到妳了。我叫瀧川鈴子，是赤坂瀧川家的人。」

鈴子自承身分，少女驚訝不已。

「赤坂的瀧川家？難不成是侯爵家的人……？就那個大宅院？」

「侯爵是我的父親，家父平時承蒙各位關照了。」

聽了鈴子的說法，少女總算露出一點笑容，給人可愛又討喜的印象。

「我還沒機會伺候侯爵大人，但也聽過一些侯爵大人的傳聞。」

經過一番對談，少女也放下了戒心。她說自己叫小辰，是藝妓屋的其中一名藝妓，平常就住在店裡。鈴子頭一次發現，原來父親也是有點用處的。

「是說，侯爵大人的千金，怎麼會來這裡呢……？」

「請叫我鈴子就好。我和小萬女士也算有點緣分，最近得知她去世的消息，可惜沒能第一時間趕來上香……這是我的一點心意，可否幫我供在她的靈前呢？」

鈴子對身後的鷹嬸使了一個眼色，途中購買的羊羹就在鷹嬸手上。鷹嬸的眼神頗有責備之意，但羊羹還是交給了小辰。鈴子知道自己回去肯定挨罵。

「哇，是『紺野』的羊羹！」

煉羊羹是高級點心，小辰看了眉開眼笑。

「多謝小姐，請進來歇一會吧。」

小辰正要招待來客進門，視線卻停在一旁的孝冬身上。

「這位是花菱男爵。」鈴子勉為其難幫孝冬介紹一下。

「我知道，我們見過幾次。」

孝冬靠了過來，鈴子仰望孝冬說道。

「是嗎？看來你很享受赤坂的夜生活呢。」

「都是生意上的餐會和招待，那是工作的一部分。」孝冬面帶苦笑。

「花菱先生對我們藝妓很好。為人大方豪邁，又很溫柔。」也不曉得小辰說的是客套話還是事實。

「所謂的『溫柔』，是指出手闊綽的意思對吧。」孝冬說這話自己也笑了。

「侯爵大人也對我們很好。」小辰顧慮到鈴子的感受，也說了句侯爵的好話，但這種顧慮是多餘的。

「妳不是要出去辦事嗎？我們來叨擾會不會耽擱到妳？」

鈴子看著小辰手中的布包，說出自己的顧慮。

「沒關係，晚點辦也行。我只是幫幾位大姊，拿和服去給人家整理而已。」小辰轉身走向玄關。

「和服……對了，小萬女士有一件深紫色的和服對吧？上頭還有柳枝的圖樣。」

小辰停下腳步，她轉身答話時，表情變得很僵硬。

「是的，那是小萬她最喜歡的一件和服……死的時候也穿在身上。」

「喔喔，原來是這樣……」

——果然，那個女鬼是小萬沒錯。

「和服也都沾滿鮮血……真的好可憐。」

小辰落寞垂首。

「那一天，我們若是沒去賞花就好了……至少我該留下來的。」

小辰喃喃自語，開門請鈴子等人入內。

「也沒什麼好招待各位的……幾位大姊都去樂曲師傅那裡練習了，老闆娘也去物色新的店鋪。本來店內還有傭人的，也辭職了。」

屋內靜悄悄的，甚至還聽得到遠方小孩在嬉鬧的聲音。

「妳們要搬家了？」

「發生過那種事，大家也住不下去了……幾位大姊還說，不搬家的話她們就要另謀出路了。況且，也不會有新人願意加入，住在這裡我也會想起那件事情……尤其鮮血噴得到處都是，感覺屋內都還有血的味道。榻榻米有換新了，可是那樣反而更古怪……」

小辰指著內部的一間和室，裡面鋪的兩張榻榻米都換新了，其他榻榻米經年日曬都有褪色的痕跡，全新的榻榻米格外醒目。而且新榻榻米的氣味，跟老舊的房子也格格不入。

牌位安在佛龕，鈴子到牌位前合掌祭拜，想起了小萬渾身是血的模樣。

——為什麼妳會在室辻子爵家呢？

鈴子一直在思考這個問題，小萬當初到底想表達什麼？早知道就該問清楚的，可如今小萬的鬼魂被吃掉了，也無從問起。

小萬的鬼魂灰飛煙滅了，知道真相也不能怎麼樣，但她不該被人遺忘。

「之前有不少記者和好事群眾跑來打探小萬的事，我們也很困擾。一開始大家都說藝妓被殺身亡，絕對跟情殺脫不了關係。後來報導又提到強盜殺人和小萬家鄉的事情——小姐您知道嗎？小萬家鄉的人全都病死了——人們看了報紙，也很同情小萬的遭遇……還有人透過報社捐款給我們，希望我們作法事迴向給小萬。」

小辰娓娓道出事實，語氣甚為悲涼。

「小萬來東京當藝妓，是為了賺錢養家，畢竟待在山村也賺不到錢，我的際遇跟她差不多，可以體會她的感受。做這一行難免有些心酸事，為了家人我們都撐過來了。結果小萬一次失去了家人和整村的同鄉，接到電報時整個人失魂落魄的……連客人也沒法接了，好像生了病一樣，身心都變得很虛弱，跟得了流感差不多。去年底到一月那段時間，疫情嚴峻不是尋歡作樂的時候，我們生意也很慘澹。入春以後，生意才漸漸有起色……只是，小萬始終無法振作起來，她說自己已經生無可戀了——」

小辰驚覺自己說錯話，尷尬地低下頭來。

「對不起，跟您說這種事情。」

「不會，室辻子爵也很關心小萬對吧？」

「咦？是的——您怎麼知道呢，室辻子爵人品敦厚，對小萬的喪親之痛深表關切。那並不是男女情愛，男女情愛很容易看出來的，因為小萬一看就很落寞、很可憐，子爵才表示關懷。有時候，還會帶一些甜點過來慰問……啊啊，對了，還有戒指。」

小辰看著全新的榻榻米，似乎想起了什麼。

「小萬有收到室辻子爵送的戒指。不過，應該不是很貴的戒指吧。」

「——是祖母綠的戒指嗎？」

鈴子提出問題，小辰歪頭想了一下。

「好像是那種寶石的戒指吧……我也不清楚，聽說是合成寶石。」

「是淡淡的黃綠色寶石？」

「啊啊！對，沒錯，很漂亮的黃綠色寶石。」

「戒指還在這裡嗎？」

「沒有——不見了，可能被強盜拿走了吧。」

「是嗎……」

鈴子環顧和室，可惜小萬的鬼魂不在了，不然就能問個清楚了。

——那時候，我根本沒心思聽小萬說什麼。

她明明有話想說啊。

——都怪這人太快抵達現場……

鈴子偷偷瞪了孝冬一眼。孝冬向小辰問話，也不知他察覺了沒有。

「有其他東西被盜走嗎？」

「其他東西……這我就不曉得了。」

「怎麼會不曉得？」

「櫃子裡的錢都在，我和幾位大姊的東西也沒丟……我們只知道小萬的戒指不見了，其他就不清楚了。」

「是嗎？」

孝冬雙手環胸，稍事思考。接著猛然湊近小辰，直盯著她的眼睛。

「有——有什麼事嗎？」小辰拉開一段距離。

孝冬轉移視線，望向屋內的和室，也就是小萬身亡的地方。他死盯著那間和室，瞇起雙眼不停研究。

「之前在酒會上我好像有說過，其實我有陰陽眼呢。」

小辰倒吸一口氣，臉色發青。孝冬跟鈴子說話一向溫文有禮，現在卻改用一種不太拘謹的隨和語氣，所以鈴子決定靜觀其變，看看他要說些什麼。

「原來如此，撥子不見了是吧。」

「咦？」小辰身子一震。

「我是說小萬的三味線，彈奏用的撥子不見了，對吧？」

「啊……」

「還有，第一個發現小萬身亡的人，是妳吧。妳比老闆娘她們更早回來。」

小辰已經面無血色，身體也不住發抖。

「撥子跑哪去了？」

小辰放聲哀號，掩面哭泣。

鈴子拉扯孝冬的衣袖，要他說明一下。

——這是怎麼回事？

鈴子用眼神提問，孝冬沒有答話，俯視著小辰顫抖的腦袋。

「放心，小辰。我相信一定有什麼理由對吧？」

孝冬把手放在小辰的肩膀上，溫言相慰，語氣溫柔到令人膽寒的地步。鈴子渾身起了雞皮疙瘩，小辰點了點頭，抬起臉說。

「因……因為我看到小萬死掉了。她真的，沒氣了……我好後悔，早知道就不該留她一個人，我應該留下來陪她的。」

小辰抽抽噎噎地說道。

「其實，我一直很擔心她想不開……老闆娘也擔心她尋短吧，所以才邀她賞花，想替她加油打氣。結果小萬她拒絕了，老闆娘也就隨她的意了……我看老闆娘發脾氣，也不敢說自己要留下來。可是我又不放心，就提前趕回來了，沒想到……」

沒想到，小萬渾身是血倒在地上。

「她穿著最喜歡的和服，兩手緊緊握住撥子，就這樣死掉了。」

「——等一下。」

鈴子打斷了小辰。

「妳說她是自殺的？」

小辰點頭承認了。

「她用撥子割開自己的喉嚨……」

「不對啊，警方說找不到凶器，室內還有翻箱倒櫃的痕跡。」

「我去派出所報案，半路上把撥子扔到水溝裡了，然後在室內翻箱倒櫃，佯裝強盜入侵的人也是我——小萬曾經親口告訴我，她不想活了。」

小辰拿起孝冬給的手帕拭淚，淚汪汪地看著那間和室。

「我一看到小萬血流如注倒臥在地，第一個想到的是老闆娘肯定大發雷霆。藝妓自殺老闆娘就虧大了，這還影響到我們藝妓屋的聲譽，人家會說我們逼死了自己的藝妓。到時候老闆娘搞不好連葬禮都不會幫她辦。況且，社會大眾對自殺的人很冷漠不是嗎？自殺的是藝妓那就更不用說了。人們會把小萬的死當成消遣，拚命加油添醋。」

藝妓是華麗與美的象徵，經常被刊在報章雜誌上，同時也是人們輕視的低賤職業。鈴子不能理解，這種極端的矛盾是怎麼一回事？把人生父母養的女子稱作賤婦，那些自命清高的傢伙更令鈴子作嘔。

「不過，如果是被殺害的……尤其是被強盜殺害的話，人們就會同情小萬了……」

事實也的確如此，還有人透過報社捐款。

「……之前小萬看著手上的戒指說，只要賣掉那枚戒指，就不用愁她的喪葬費用了。她還向我道歉，請我把她的骨灰運回她的家鄉……她是真的不想活了，開口閉口都在談自己的身後事……」

小辰抽著鼻涕。

「那枚戒指呢？」孝冬詢問戒指的去向。

「我不知道……我沒有藏起來也沒有拿去丟掉。可能已經賣掉了吧……」

「賣了戒指的錢呢？」

「錢都在小萬的房裡，至於是不是賣掉戒指的錢，我就不曉得了……小萬她幾乎都把錢寄回家，不太花錢的，所以也存了不少……對了！」

小辰低著頭，緊張地揉捏手帕。

「這件事，是不是告訴警察比較好……？」

「那當然啊。」孝冬先答覆小辰的疑問，再告訴她原因。

「其實妳不講，早晚也是會穿幫的。警方調查指紋或現場的痕跡就知道了吧，但真正麻煩的是沒穿幫的情況。」

小辰聽不懂這段話的意思。

「強盜殺人案，總要抓到強盜才好向社會大眾交代吧？萬一抓到無辜的人怎麼辦？」

「可是，被抓的人是無辜的啊……」

「無辜的人也會屈打成招，被當成罪犯啊。這種事情也不是頭一次發生了，大概是五、六年前吧，鈴森春慘案、本所區自行車商滅門案，都是這樣。野口男三郎案也很有名啊，每一樁慘案都震驚社會，萬一無辜的替死鬼被判死刑，那可怎麼辦？」

孝冬的語氣依舊溫柔，小辰的臉色卻越來越慘白。

「我、我完全……沒考慮到這種情況。」

「我想也是。所以，妳還是老老實實說出真相比較好。」

「警察會跟我究責吧？我會不會怎麼樣？」

「呃呃，這就不是我能決定的事了。」

小辰又哭了出來，孝冬困擾地抓抓腦袋。

「對了，瀧川侯爵有認識警察不是嗎？」

孝冬突然把話題帶到鈴子身上，鈴子正色道。

「我父親有沒有認識警察這就不好說了……但我大哥的朋友在警視廳任職。」

「那先透過妳大哥，把這孩子的自白告訴警察吧。」

這個忙能不能幫，還得先問大哥才行——可是看到小辰驚慌恐懼的模樣，動了惻隱之心的鈴子轉身對鷹嬸說。

「鷹嬸，妳先帶小辰小姐回家，把這件事原原本本告訴大哥。」

「遵命。」鷹嬸一臉嫌棄，卻還是答應了。

「那小姐您有何打算呢？」

「我還得去一個地方。」

鷹嬌長嘆一口氣，似乎也懶得多說什麼了。

「——話說回來，小辰並沒有親眼看到小萬自殺，那還是有他殺的可能性吧。」

鈴子自言自語，在房前目送鷹嬌和小辰離去。

「這個嘛，調查真相是警方的工作。」

孝冬又補充了一句。

「我們也沒資格說三道四啊。」

鈴子抬頭看著孝冬。

「你怎麼知道撥子不見了？還有，小辰是最先發現屍體的人，你又是從何而知的？」

正因為那是報紙上沒提到的事情，小辰才會自亂陣腳。當然，孝冬也不可能向小萬的亡靈打聽消息。小萬的亡靈還來不及開口，就被那個上臈吃掉了。

「我向認識的記者打聽的。」

「記者……？」

記者知道這些事，怎麼可能沒刊在報紙上？他真正打聽的對象是警界人士吧。鈴子心懷疑慮，卻也沒有追問下去，反正也不是值得追究的事情。

「鈴子小姐，妳接下來要去哪呢？」

「我要去室辻子爵家拜訪。」

「方便請教理由嗎？」

「你也知道，在室辻子爵家作祟的鬼魂就是小萬吧。可是聽了剛才的說法，我還是不明白小萬的鬼魂為何會出現在那裡。」

「那枚祖母綠的戒指可能是關鍵嘍？」

孝冬喃喃自語，鈴子也同意了這個說法。

——那種合成寶石的戒指，根本不該出現在子爵夫人身上。

「話雖如此，知道原因也不能怎樣啊，鈴子小姐。小萬的鬼魂已經煙消雲散了，妳到底想做什麼呢？」

「我……」

鈴子面朝前方，她的視線越過路面電車，看到了山王神社蒼翠的樹林。小巷弄的地面熱氣蒸騰，在鈴子面前化成幻象。她看到了亡者的幻象，那是以前在淺草貧民區，跟她一起生活的家人——

「或許，我只是想做一點抵抗吧。」

「抵抗？抵抗什麼？」

鈴子自己也說不上來。

「……淺草的十二階，已經是落伍的老地方了……」

所謂的十二階，是明治二十三年落成於淺草的高塔，以磚瓦砌成。當初還取了一個相當氣派的名字，叫凌雲閣。本來是首都文明開化的象徵，但現在已經大正九年了，凌雲閣只不過是一棟舊時代的建築物，甚至有人調侃，那是鄉下人來觀光才會去的地方。

「然而，那座塔也沒有被人遺忘對吧？因為它就在那裡，人們一眼就看到有座十二層的高塔聳立在那裡。就算被當成舊時代的建築物，也不會被社會大眾遺忘。可是，人死了就會被遺忘，失去了形體的人事物，是非常脆弱的。還記得那些亡者的人，早晚也會死去。至少我想追尋一下餘燼。」

「餘燼？」

「鬼魂是亡者留下的餘燼，也是他們曾經在世的證明。我想追尋那僅存的餘燼，了解一下他們逗留人間到底想表達什麼，哪怕只有我知道也好。」

一陣清風吹過，五月的風中夾雜著大地回春的氣息，飛梭在明媚的陽光中。

鈴子眉垂目合，鬼魂的幻影也消失了。

「妳要抵抗的是遺忘對吧。」孝冬有感而發。

「你講得也太冠冕堂皇了。」

「確實，這是很重要的事情。不管對亡者還是對生者來說，都一樣。」

孝冬眺望遠方。

「我連自家大哥的餘燼，都怕到不敢追尋。」

「咦？」

「妳真的很了不起。」

鈴子皺起眉頭，俯視地面。

——才沒有那回事。

「好，那我們去子爵家拜訪吧。」

孝冬也打算跟去，講得一副理所當然的語氣。有未婚夫陪同，鈴子行動起來也確實比較方便。於是，二人一同前往子爵家。

走過溜池的候車亭和路面電車，鈴子和孝冬來到了麴町區。這一帶不但有華族和親王的宅院，還有大使館和公家機構。這裡遠離城市的喧囂，風吹過神社周邊的林木，枝葉擺動發出了清涼的聲響。鈴子撐著陽傘，偷看一旁的孝冬。孝冬的表情平靜溫和，鈴子仍然猜不出他在想什麼。

——我是怎麼了……

鈴子自己也不明白，為什麼要跟孝冬說那種話。這是她離開淺草以後，頭一次跟別人談論鬼魂。她好久沒遇到能談論鬼魂——談論心事的人，所以才無意中說出了肺腑之言。或許鈴子需要一個談心的對象，這種需求遠遠超出了她自己的預期。

——我連自家大哥的餘燼，都怕到不敢追尋。

孝冬說的那句話，又是何意呢？

鈴子總算對花菱孝冬這個人有一點興趣了。

室辻子爵家是公家華族。公家也有很多不同的類型，好比歷代擔任攝政和關白[16]的攝家[17]，以及次一等的清華家、大臣家，還有更次一等的平堂上家。而平堂上家又有分羽林家、名家和半家。家世高低還有其他區分的方法，公家出身的千津不時會提一下，但分法實在太過複雜，鈴子每次聽完腦袋都會打結。

上流社會的人對自己的家世和淵源格外重視，鈴子完全無法理解這種堅持。只是從這一點來看，設立華族制度、制定爵位高低，想必不是一件容易的事情。

室辻家是平堂上家中的半家，在公家中格調並不高，跟許多公家華族一樣，經濟狀況也不是太好。大名華族多半很富裕，公家華族之所以比不上，主要跟政府給予的津貼有關。嚴格來講那叫金祿公債，金祿公債是按照以往的俸祿分發的，想當然大名家拿的比較多。

而公家在明治維新以前就沒落了，再加上大名家都有自己的土地，更享有地租收入。這些大名華族就利用充裕的資金，投資銀行和股票賺取利潤，然後再用賺到的利潤錢滾錢，持續增加自己的財富。

室辻家也是家道中落的公家華族之一，上一代當家走運靠股票賺了一筆，也蓋了很氣派的洋館，但維持門面反而是沉重的負擔。這一代的子爵是從分家招贅的，為人勤奮嚴謹，聽說在銀行任職。不少華族也都在銀行當差。

這是鈴子和室辻子爵初次見面，來到會客室的室辻子爵，是一個身材清瘦的中年人。從面相來看，講好聽叫人品敦厚，講難聽叫膽小怯懦。眼睛小小的，動不動就眨眼睛。

⓰ 關白：是天皇成年後的輔政大臣。

⓱ 攝家：又稱五攝家，鎌倉時代出自藤原氏嫡派的五個家族，即近衛家、一條家、二條家、九條家和鷹司家。

「記得我們上次見面，是三月的時候在華族會館吧，花菱先生。」

子爵有著溫文儒雅的嗓音，一聽就知道有良好的教養。

「聽說你訂婚了，恭喜啊。」

「承蒙關照，這位就是我的未婚妻瀧川鈴子小姐。」

孝冬笑咪咪地介紹鈴子，鈴子在一旁低頭致意。

「初次見面請多指教，我是瀧川鈴子。尊夫人別來無恙吧？」

「啊啊！原來前幾天瀧川侯爵的千金來訪，就是妳啊……嗯嗯，內人正在大磯靜養，前幾天暈倒後她的身體狀況一直不太好。」

「這樣啊……」

「好在也沒有生病，請不用擔心。休養個一、兩週就會回來了吧。花菱先生，真是不好意思啊，也給你添麻煩了。」

「不會，多虧你們找上我，我才有緣認識鈴子小姐啊。」

「喔喔，是嗎？——對了，花菱先生，關於那件事……就是內人請你來驅邪的事，還請你務必保密啊。」

子爵不斷眨眼，孝冬微笑以對。

「當然，我也不希望這件事傳出去，反而是我要拜託各位保密才對。我做生意已經不太得體了，再被內務省盯上我可吃不消。」

——內務省？

鈴子不懂，這跟內務省有何關聯？負責監督華族的是宮內大臣，所以審查華族行為的是宮內省，其中宗秩寮更是專門負責這件事的。

「神職歸內務省管轄。」

孝冬察覺到鈴子的疑問，轉頭為鈴子解惑。

——原來。

剛才孝冬在談神職方面的話題。

「而且我們家還有華族身分，沒法完全遵守神職的奉務規範——這些問題，之後我再告訴妳吧。」

孝冬回過頭正視子爵。

「今天前來叨擾，也跟前幾天驅邪一事有關，尊夫人有告訴您藝妓鬼魂的事嗎？」

子爵的臉色已經發青了。

「啊啊，嗯……她說自己差點被鬼魂襲擊。」

「那個鬼魂已經被祛除，照理說不會再出現了。不過，她對尊夫人的戒指似乎有一種莫名的執著。」

「戒……戒指？」

「那枚祖母綠的戒指，就尊夫人戴在手上的那一枚。鬼魂是已經祛除了沒錯，但我認為還是該知會您。請問那枚戒指，您是在哪裡買來的？那是您買來的沒錯吧？」

「呃……我……」子爵支吾其詞，眼睛又眨個不停，這個人顯然不擅長掩飾和說謊。

孝冬繼續施壓。

「那個鬼魂就是小萬。」

這話一說出口，子爵的反應就變了。

子爵發出驚恐的叫聲，聽起來有點像打嗝的聲音，表情也僵住了。

「那是您送給小萬的戒指吧？為什麼會在尊夫人手上？」

「呃呃，不是……我……」

「難不成，子爵您和小萬的死有什麼關聯？」

子爵拚了命猛搖頭，用力揮舞雙手否認。

「沒有的事……！不是的，不是你們想的那樣。我只是、我只是請她歸還戒指……」

「請她歸還戒指？麻煩解釋一下可好？」

「唉……說到這件事……」子爵長嘆一口氣，無力地垂下頭。

「我送小萬戒指的事……被內人發現了。別誤會，我和小萬沒有男女關係，是真的。你們知道嗎？小萬的家人全都得流感病死了。我看她非常失落，才想替她打打氣……我送的也不是很貴的戒指，只不過，花錢必須向管事報告用途才行。我們做當家的，也不能胡亂用錢嘛，尤其我們家又不像大名華族那麼富裕，開源節流也做得很徹底。我本來是打算隨便編一套藉口拿錢，可惜我不擅長說謊，又是招贅來的，也沒什麼話語權……要是我也能像瀧川侯爵那樣一擲千金就好了。」

「千萬別這麼說。」

鈴子中途打岔。

「家父是成年人絕對不該效法的負面榜樣。」

鈴子是大家閨秀，講話卻如此直接，甚至還大肆批評一家之主。子爵聽得目瞪口呆，孝冬壓低聲音偷笑。再糟糕的父親好歹也是父親，總該尊重一下，但貧民區出身的鈴子缺乏這種概念。

「喔喔……這樣啊……看樣子瀧川侯爵家，信奉坦率正直的家風是吧。唉，其實我們家也差不多就是了，我明明是一家之主，也沒人敬重我啊。」

子爵露出了自嘲的笑容。

「買合成寶石的戒指也是啊，我千拜託萬拜託，跟管事說那是華族交際的必要開銷，好不容易才拿到錢。當然內人不知道這件事，我去三越買戒指，也說是要送給內人的。不料內人去三越買東西，店員問她喜不喜歡那枚戒指，這才露餡的。內人逼我說實話，我情急之下只好說那是要送她的生日禮物，她的生日剛好在五月，三越不是有推出誕生石戒指嗎？就那個十二生辰的戒指……五月的誕生石是祖母綠，我跟內人說，天然的祖母綠太貴了，所以我才挑合成的。合成的五月誕生石，好像叫 Emerald 是吧，店員告訴我的。不過，內人不相信我的說法，我又不習慣說謊，就亂了方寸……」

據說，夫人要他立刻交出戒指以示清白。

「內人要我馬上交出來，我好說歹說她就是不聽，沒辦法，我只好回頭去找小萬。我又沒錢買另一枚戒指交差，於是我老實跟小萬說出自己的困境，請她把戒指還我，改天再送她一枚新的戒指。小萬說她不需要新的戒指，直接拿錢給她就好，等於叫我買回那枚戒指。偏偏我手頭上又沒錢，就請她寬限一段時間，她就把戒指還我了。」

子爵摸摸自己發青的臉頰，又是心虛眨眼。

「小萬說……這是我倆的約定，請我務必拿錢來，否則她就會來討戒指……我聽到那番話，老實說有點心寒就是了。」

——小萬要討的，是她的喪葬費。

這是鈴子得知前因後果的感想。小萬說過，賣掉那枚戒指，就不用愁喪葬費用了。

「……後來，我聽說小萬被殺身亡，真的嚇到了……如果我去的時機不湊巧，也可能碰到那個強盜，一想到這裡我就膽顫心驚。過了一段時間，內人開始說些莫名其妙的話來，更讓我寒毛直豎。她說，家裡有三味線的聲音，還有女鬼出沒……」

「您第一時間就知道那是小萬吧？」

「嗯，知道……不過，我沒聽到任何聲音，也沒看到她講的鬼魂。我以為那是內人神經質，或是吃醋故意找我麻煩……看來，那果然是小萬的鬼魂啊。」

鈴子開口表示意見了。

「小萬來討戒指了，就像她生前說的那樣。」

子爵摀住自己的嘴巴說道。

「她……她這麼執著那一枚戒指嗎？」

「不是的——」

小萬執著的不是那枚戒指。嚴格來講，她甚至不在意有沒有籌到喪葬費用，因為她自己存了一些錢。換句話說，小萬變成鬼來討那枚戒指，是有她的用意的。想是這樣想，鈴子沒有當場說出來。

「可是，我好歹也有出錢啊。」

子爵也有話要說。

「畢竟我答應小萬了……所以我透過報社匿名捐款，捐了法事的費用。我還騙管事，那是工作上會用到的奠儀。」

「原來……」

小辰說有人透過報社捐款，原來是子爵捐贈的。

「您匿名捐款，鬼魂也不曉得吧。」

孝冬說出自身的看法。

「也許吧……」子爵垂下雙肩，接著說道。

「總之，鬼魂已經祛除了吧？那就好。」

語畢，子爵又嘆了一口氣。

「小萬也真可憐啊，希望犯人早日逮捕歸案。」

鈴子偷看孝冬一眼，用眼神告訴他該走了。孝冬也心領神會，起身向子爵告辭。

「那我們也該離開了。」

離開子爵家，鈴子和孝冬往赤坂走去。四周盡是華族宅院氣派的高牆，鈴子撐著陽傘仰望孝冬。

「其實你也很關心小萬的事對吧？」

孝冬認識小萬，想必一眼就認出那個女鬼是小萬吧，所以他才會去找記者打聽案情，順便去藝妓屋探聽消息——鈴子會在路上碰到他，代表他也正要去藝妓屋。

「也稱不上關心就是了……我的動機沒有鈴子小姐那麼高尚。只是，視而不見在道義上說不過去，是吧。」孝冬搔搔腦袋。

「先不說我，鈴子小姐妳也算了卻一樁心事了吧？老實說，小萬出現在子爵家的理由，我還是不太理解。除非子爵或夫人殺了小萬，這才合理吧。」

「沒人規定鬼魂做事要講理吧。死亡對當事人來說，就算年紀大壽終正寢，也是不公平不講理的事情吧。」

「原來如此，還有這種看法。」

孝冬似乎對鈴子的觀點很感興趣。

「小萬小姐她……」

鈴子俯視地面，黯陽高照留下了凝重的黑影，微風輕拂後頸的髮梢。

「也許，華族的虛榮讓她覺得很可笑吧。」

「虛榮？」

「子爵不是說，他把自己的困境老實告訴小萬了嗎？小萬應該也很訝異吧，原來華族買一顆合成寶石也不容易。被太太發現以後，不是買一顆新的補償太太，而是跑來拜託藝妓歸還戒指。」

「啊啊……這麼說也對。」

孝冬面帶苦笑，鈴子低下頭不再盯著他的臉龐。把這些心底話告訴孝冬，他能夠感同身受嗎？

「小萬家境貧困，不得已來到東京當藝妓賺錢養家，她沒得選。也多虧她的付出，她的家人才過得下去。沒想到飛來橫禍，家人全都死了，她失去了當藝妓的理由，也沒有可以回去的地方了，往後只能一個人孤伶伶地在東京。她的遭遇很可憐，已經生無可戀了。結果一個上流社會的子爵跑來，請她歸還戒指，就只為了保住一家之主的體面——這根本是在汙辱她吧？」

鈴子緊握手中的陽傘。

「上流社會的人眼裡只有面子，才沒把人民放在眼裡。看人家可憐，送人家一枚戒指，被妻子發現了，也不敢告訴妻子真相，反而跑回去討戒指，藝妓比較好打發是吧。現在人都死了，以為捐點錢就是顧及道義了，還真是溫柔正直的好人啊。被一時的感情沖昏頭，沒深思熟慮就略施小惠，到頭來把所有人都得罪光，我最討厭那種人了。」

鈴子不屑地罵完後，長嘆了一口氣。孝冬沒有說話，靜靜地看著鈴子，鈴子也沒有望向孝冬，逕自說道。

「……我也知道，經濟狀況不好的華族比比皆是。堂堂子爵為了一枚戒指搞得裡外不是人，也是這種扭曲的現象害的吧。這一切實在太荒謬了，令人無言以對啊。我母親離開瀧川家以後，淪落到淺草的十二階那一帶，也就是私娼寮，而我父親卻在赤坂和新橋的花街尋歡作樂。這難道不荒唐嗎？如果這都不荒唐，那世上就沒有道理可言了。」

鈴子不再說話，用手按住額頭。

「算了——真的很抱歉，是我岔題了。小萬只是照她生前講的，去討那枚戒指罷了。藝妓死了以後像個討債的一樣，跑去華族家裡鬧。太可笑了，這麼可笑的事情也是子爵一手造成的，小萬不過是實現了自己的誓言。」

「妳認為，這就是小萬想傳達的訊息？」

孝冬簡短地道出疑問。

「我又不是小萬，實情究竟如何我也不敢肯定。也許她對戒指的執著，遠遠超乎眾人的想像吧。」

「不，我想妳的推論是正確的。」

鈴子再次抬起頭，仰望孝冬的臉龐。二人走在高級住宅區中，孝冬看著四周的高牆，氣派的宅院都被高牆擋住了。孝冬的臉上全無笑容，鈴子看不出他在想什麼。水藍色的天空掛著一抹淡淡的彩霞，底下的城市熱得像夏天，天空卻依然保持著春季的光彩。

過了一會兒，孝冬轉頭望向鈴子，臉上總算有了笑容。

「鈴子小姐，在送妳回家之前，要不要再去一個地方逛逛？」

「……去哪？」

「日枝神社。」

「日枝……啊啊，你說的是山王大人。」

「對了，在地人是這麼稱呼的。」

「那裡祭拜的是山王權現嘛。」

「日枝神社」是明治時代才改的名字，過去神道和佛教是夾雜在一起的。有些神社之中有寺廟，也有寺廟包含了神社和祠。神明被視為佛菩薩的化身（權巧示現），這便是權現和明神這一類神祇的由來──鈴子小時候在淺草也聽過這說法。

「現在不稱『權現』了嗎？」

鈴子依稀記得，明治時代政府頒布了神佛判然令，亦即把神道和佛教區分開來。經過一番迂迴曲折後，被當成了排佛棄釋令，某些地區的寺廟遭受破壞，僧人也受到迫害。

「說來也真不可思議。即便名字改了，這附近的人信仰的同樣是『山王大人』。」

老實說，鈴子並不在意那到底是神還是佛。然而，用排佛棄釋這麼激進的做法，破壞一件存在已久的事物，鈴子不敢苟同。

「所謂的信仰，就是這樣的存在。」

孝冬說完這句話，朝日枝神社走去，鈴子也邁步跟進。

「信仰就是一種歷史，跟河川差不多，有時候會改變流向，或氾濫，或枯竭，被人力轉向截流的狀況也時有所聞。現在的狀況，就好像急著做補堤修壩的工程一樣，而且每一條河川都採用同樣的做法。」

「你的比喻我聽不太懂。」鈴子表示不解。

孝冬笑著回答。

「鈴子小姐，妳真是坦率誠懇的人，不懂的事情也不會裝懂——我解釋一下，明治時代以後宗教和信仰有了很大的轉變，目前也正處在變化的階段。」

「還在變化嗎？」

「山王權現不就變成了日枝神社？」

「也對……」

「神田明神現在也變成了神田神社，那裡本來是祭拜平將門⑱的地方，政府自然不能接受人們祭拜逆賊，所以把平將門遷到了境內的小神社，換掉祭祀的神明，做法相當粗暴——可是，人們信仰的依然是將門公的神靈。弄到後來，大家都去小神社參拜，主神社的例行祭典沒人參加，也沒人投香油錢。」

鈴子的理解是，這就好比日枝神社依舊被稱為「山王大人」一樣。

「國家發展有了重大的轉變，與宗教有關的制度會改變也是必然的。當然，改變的方針一直變來變去就是了。因此，神社的型態也改變了。比方說，神社被當成了祭祀場所，而不是一種宗教，這就是人力介入所導致的。」

「……」

鈴子又不懂了。新年去神社參拜，不就是祭拜神明嗎？況且，人們依舊信仰山王權現和將門公不是嗎？

「很難理解嗎？」

「對。」

孝冬又笑著解釋。

「這麼說吧，妳先不要管人們平常的信仰如何，就說新年參拜好了。我們新年去神社參拜只是一種儀式，跟本身的宗教信仰無關對吧。簡單說差不多就是這樣。」

「喔喔……你這樣講我就懂了。」

鈴子算是聽明白了。新年參拜是明治時代以後才有的風俗，過去的人也會在元旦參拜地方守護神，或是挑個方位吉利的神社參拜。但明治時代以後的新年參拜，與其說是信仰，更像是一種休閒活動。

「當然，這都是自圓其說，聽不懂也正常。神社既然不是宗教，那就沒辦法傳教，領受

⓲平將門：日本平安時代前期坂東地區的起義領袖，同時也是擁有著天皇家族血統的大貴族桓武平氏的一員、戰功赫赫的鎮守府將軍平良將之子。

皇室幣帛的官幣社和領受國庫幣帛的國幣社，也不能舉辦葬禮。所以負責管轄的是內務省，而不是處理宗教問題的文部省。」

「自圓其說……」

前方有一座翠綠的丘陵，神社外圍有一整片鎮守樹林，裡面供奉的是山王權現。

「祭祀的神明和祭祀的儀式，全都由國家指定。」

孝冬停下腳步，眺望樹林。

「也就是用制度達成一致性，弭平一切差異。」

「弭平差異……」

「換句話說，就是剷除異物，塑造出國家想要的神社。」

鈴子的目光從樹林轉移到孝冬臉上。孝冬也轉身面對鈴子，莞爾一笑。

「當然，這些知見都是大哥教我的。」

「聽說……你大哥去世了。」

「是的，大哥本來是接班人，很認真學習神職的相關知識。我被送去當養子，老實說對這些東西不太熟悉。偏偏除了我之外，又沒其他接班人了。親戚們明知道我不是當華族和神職的料，也只能睜一隻眼閉一隻眼。」

鈴子凝視著孝冬的笑容。她想，這個人的笑容，好像永遠結了一層冰似的。

「你是不是當神職的料，這我不好說……至少你挺適合當華族的吧。」

孝冬的舉止高雅，又極富教養，也沒聽說有什麼惹人非議的不良習性。說他是「皇室藩屏」也不為過，所謂的藩屏，有圍繞守護之意，引申為天皇的守護者。

奇怪的是，孝冬一時間露出冷冷的笑容，有種自嘲的味道。

「鈴子小姐，這是在稱讚我嗎？」

「……我跟你不一樣，不會拐著彎冷嘲熱諷。」

此話一出，孝冬竟然笑了，似乎挺愉快的。

「哈哈，我就喜歡妳這種個性。」

「你也真是個怪人。」鈴子端詳著孝冬開朗的表情，說了這麼一句話。孝冬不改笑容，鈴子不懂到底哪裡好笑了。不過，跟平常那種冷淡的笑法相比，現在的笑容好多了。

二人爬上石階，境內有賣糖果的和吹泡泡的，吸引了孩子們的目光。揹著嬰兒的保母出神地望著各種造型的糖果，幾個小兄弟看到五彩繽紛的泡泡興奮不已。四周還有幾家茶鋪，販賣粟餅、紅豆粥、糰子等點心，大人參拜完就到茶鋪去喝茶歇息。神社旁邊還有一家星岡茶寮，那是華族和財政界大人物的社交場所。

孝冬也沒看社殿一眼，直接從旁邊走過去，進入茂密的樹林間。

「拜其他地方的神明，那個上臈會不高興的。」

「她沒名字嗎？」

「嗯？」

「那個上臈啊。」

「沒錯，我們都稱她『淡路三位』或『淡路之君』，名字沒有留傳下來。」

穿過樹林，視野豁然開朗，放眼望去盡是東京的街景，一覽無遺。

「我不拜其他地方的神祇，但偶爾會來這裡，視野很棒對吧。」

「是啊。」

這裡通風良好，令人心曠神怡，鈴子也收起了陽傘。

「有件事也不知道該不該問妳。」孝冬先說了句開場白，注意力放在鈴子的手上。

「看妳一直戴著手套，有什麼理由嗎？」

「不是什麼大不了的事情，手上有小時候留下的燙傷。我怕嚇到其他華族，引起不必要的關心，所以才戴手套遮起來。」

「原來是這樣，那妳有喜歡的蕾絲種類嗎？」

「沒有，沒特別喜歡的。」

「那下次我送妳一雙手套吧，有款英國進口的相當不錯。」

鈴子抬頭看著孝冬，孝冬瞇起眼睛反問。

「妳很常看我的臉，我的長相是妳喜歡的類型嗎？」

「一直看不出你在想什麼，感覺陰陽怪氣的，所以才想看出一點端倪。」

「那妳看出來了嗎？」

「沒有，絲毫看不出來。」

孝冬開懷地笑了。「跟妳在一起真的很開心呢，這是我愉快的表情。」

「我還以為你在打什麼壞主意呢。」

孝冬又是一陣歡笑。

「……鈴子小姐。」

孝冬收斂笑容，沉靜地說道。

「其實，我是祖父生的。」

「咦？」

「我不是父親生的，是祖父生的。只是這件事傳出去不好聽，所以出生證明上才寫父親的名字。」

「……意思是，你是祖父和妾生下來的？」

鈴子有此一問，主要是認為他的生母應該不可能是祖母。

「呃呃，算是吧。」孝冬支吾其詞，鈴子也沒再追問。

「神職這一行在明治時代陷入了各種紛亂和失控的局面，也鬧出了不少爭端，這一點妳知道嗎？」

「不清楚。」

鈴子嘴上說不知道，但也料到接下來的話題會很複雜了，不然剛才孝冬也不會提起神社非宗教或更改祭祀神祇的話題了。

「明治時代是一個嶄新的時代，會發生爭端也是理所當然的。整件事說起來很複雜，我講重點就好。當年神道界分為出雲派和伊勢派，兩派對於該祭祀的神明互有歧見。許多神社也經過整合與廢除，地方上一些小神社，或是知名度不高的神明，就這樣被廢掉了。此外，還發生過很多事情，總之那是一場重大的變革，神社也只能逆來順受。但每一間神社都有不同的意見，神職世家也爆發了糾紛。花菱家也不例外，祖父和父親的想法完全相反，父子之間也起了嫌隙。」

複雜的事情鈴子聽不懂，她只聽出花菱家陷入了父子對立的局面。孝冬之前好像有說，花菱家內部起過糾紛，難道就是這件事？

「父親是祖父的獨子，也跟母親生下了孩子，那孩子就是我大哥。照理說，當家的位置應該由父親繼承，然後交到我大哥手上。可是，祖父對不聽話的父親非常反感，對我大哥也有意見。於是——他打算再生一個兒子當自己的傀儡。」

那個傀儡兒子，就是孝冬。

「祖父身為一家之主，在家中有至高無上的地位，我想其他家庭也是這樣吧。祖父打算廢掉父親的繼承權，指定我當接班人。問題是，華族受到宗秩寮的監控，祖父也沒辦法為所欲為，尤其宗秩寮對醜聞十分感冒，祖父顧慮到外界的觀感，就把我過繼給父親。祖父特別疼愛我，對待父親和大哥卻相當苛刻。想當然，父母很討厭我，只有大哥對我好……」

孝冬的眼神陰鬱無比，鈴子感受到一股寒氣，彷彿汗水都要凍結了。就好像一個人走在驕陽底下，一到陰暗處忍不住打哆嗦一樣，就是那樣的寒氣——不對，這不是寒氣，應該說是孤寂吧，鈴子對孝冬的孤寂有切身的體會。

「祖父病倒後一切都變了。祖父整天臥病在床，連話都講不好，當家的位置就由父親繼承。我被送到橫濱的親戚家當養子，也沒再跟父母碰過面。祖父不到一年就死了，後來父母在淡路溺水身亡，接班的大哥也病死。大哥沒結婚，也沒有子嗣，就只剩下我來接班了。」

「……你的人生，真是充滿無奈啊。」

鈴子覺得孝冬的身世也太悽慘了，大人們自私互鬥，他一下受寵、一下失寵，又被送到別人家當養子……他沒做錯任何事，卻永遠受人擺布，也沒人管他的意願。

——太扭曲了……

轉念及此，鈴子終於明白孝冬說這番話的用意何在了。

孝冬對鈴子莞爾一笑。

「妳剛才講到『扭曲』，我是真的感同身受，要不是家族扭曲，我也不會被生下來。」

「……是嗎……」

鈴子試著去體會孝冬的感受。其實孝冬根本不需要坦承自己的身世，像這種家醜能不提就盡量不提，對孝冬本人來說，這一定也是難以抹滅的心靈創傷。可是，孝冬為了表達自己的「感同身受」，竟然主動提起不堪的往事。鈴子心想，或許孝冬比她想的更加誠懇吧。

鈴子俯瞰丘陵下方，欣賞赤坂的街景。黑色的屋瓦在陽光照耀下，如同河面閃閃發光。被風捲起的塵沙，替這幅景象蒙上了一層淡淡的白紗。鈴子似乎看到遠方有一座高塔，名喚淺草十二階的高塔。鈴子雙手緊握陽傘的握柄。

——各位……銀六叔叔，丁姨，虎吉爺爺……

當年，十二階附近有一座圓頂的淺草國技館，前面則是淺草六區的演藝街，本來街上有一整排的秀場，後來慢慢變成了戲院，五顏六色的旗幟掛在店門前的景象歷歷在目。街上有算命的、看相的、說書的和賣報的，以及各式各樣的攤商。熙來攘往的街上空氣不好，待久一點喉嚨都不舒服，小小年紀的鈴子就混在這些攤商中，做起千里眼的生意。還有一群家人陪伴著她，她不是一個人。

——直到那一天。

「……花菱男爵。」

鈴子緊握手中陽傘，喚了孝冬的姓氏。

「請叫我孝冬就好，未婚妻用這種稱呼方式，也太見外了。」

孝冬開了個玩笑，但他看到鈴子嚴肅的表情，立刻收起笑容嚴肅以對。

「有事但說無妨。」

「我願意跟你結婚，但請你幫我一個忙。」

「妳不需要用這種交易的方式，我也願意幫妳忙。還是說，這個忙大到一定要用妳的婚姻大事來交易才行？」

「我在找一個使用『松印』的華族，希望你幫我一起找。」

孝冬眨眨眼睛，思考了一會兒。

「妳說的印……就是華族常用的那玩意兒？我從小在商家長大，對那些東西不熟。我記得那本來是武士門第在用的吧，妳要找用松印的人？」

「很多華族都用松印，我以蒐集怪談的名義，出入各大華族家中查探消息。」

孝冬吃了一驚。

「原來這就是妳蒐集怪談的目的啊——不過，妳為什麼……」

「祖父不讓我去念女子學習院，我沒機會向同輩的人打聽消息，而且華族女子又不能隨便出門，直到祖父死後，我才算有了一點自由，不過那也是兩年前的事情了。我絞盡腦汁，一直思考該怎麼去各大華族家拜訪。」

「妳想到的方法就是蒐集怪談？這方法也太出人意表了。」

鈴子笑了。「你忘了嗎？我可是千里眼。」

「原來如此，畢竟是妳的專長就對了？」孝冬也跟著笑了，接著他又說道。

「對了，我還是頭一次看到妳笑呢。」

鈴子一聽到這句話，立刻恢復嚴肅的表情，孝冬笑得可愉快了。

「妳笑起來好漂亮，但妳平時的死魚眼我也很喜歡喔。」

「……」鈴子嘆了一口氣。

「鈴子小姐，我還不知道妳這麼做的真正用意是什麼，為何妳要尋找持有『松印』的華族呢？」

鈴子猶豫了一會兒，轉頭望向底下的城鎮。

「那個人是殺人凶手。」

孝冬聽到這句話，不禁倒吸了一口氣。

「你自己不是說過，淺草貧民區發生過一樁慘案，當年跟我一起過活的人都被殺了，我也在同一時間銷聲匿跡——你說的確實沒錯，詳情是這樣的，他們被殺的那一天，我人在瀧川家宅邸。事發的前幾天，瀧川家的下人在街上找到我，那時候我在淺草六區的演藝街賺錢餬口，下人找到我便向祖父回報。我被叫去瀧川家問話……我都還沒說自己的身世，祖父就知道我是瀧川家的血脈了，因為我長得很像父親。」

「喔喔，確實。」

孝冬點頭同意，鈴子卻板著臉孔，被人家說長得像父親，她一點也不開心。

「祖父叫我留下，我一時難以抉擇，就先回去了。回程的路上——銀六叔叔他們……」

「銀六……啊啊！就是在淺草跟妳一起生活的人嗎？」

「是的。跟我一起的有銀六叔叔、丁姨、虎吉爺爺。銀六叔叔是個五十多歲的中年人，丁姨則是四十多歲的大嬸，虎吉爺爺也七十歲了吧。虎吉爺爺雙腿不靈便，幾乎走不動了，全賴我們照顧。他們雖然沒有血緣關係，但銀六叔叔和丁姨說，虎吉爺爺對他們有恩，我也很喜歡聽虎吉爺爺講古……」

一幕一幕的往事慢慢浮上心頭，鈴子咬住自己的嘴唇。她怕一回想起來，就再也說不下去了。

「丁姨是我母親在十二階那邊認識的朋友。母親死後，是她照顧我的，然後……再來要說什麼……」

鈴子用手托住額頭，忘了自己說到哪裡。內心激昂的情緒妨礙她思考，連話都沒辦法好好講。

「妳說自己離開瀧川家，走在回程的路上，然後銀六先生他們怎麼了？」

「啊啊！對……我看到銀六叔叔他們。」

「妳看到他們？在哪兒看到的？」

「就、就在回程的路上……我走到一半，看到他們三人站在我面前，站在我面前……渾身都是血……」

鈴子一直不願回想那個光景，但她現在必須據實以告，說出三人悽慘的遭遇。

「——意思是，妳看到了他們的魂魄是嗎？」

孝冬直覺敏銳，指出了答案，鈴子點點頭。

「他們三人，胸口都流了好多血，而且還跟我說，千萬不能回去。」

——妳千萬不能回去，鈴。

丁姨叮囑鈴子時，嘴裡還吐出了大量的鮮血，藍染的木棉和服，也被鮮血染成黑色。原本消瘦的臉龐還風韻猶存，死後也完全失去了生機。

——別回去，快點調頭去瀧川家。

銀六的眼皮都腫了，臉頰也有瘀青，可能死前被凶手狠狠毆打吧。斑白的頭髮和鬍鬚也沾上了鮮血，皺巴巴的白色襯衫，也全被染紅了。

虎吉沒說話，混濁的瞳仁泛著淚光，溫柔地凝視著鈴子。虎吉穿著一身褪色的浴衣，身材瘦成皮包骨，胸口已經沒有呼吸起伏，同樣血流如注。

鈴子承受不了回憶，當場抱住腦袋蹲下，陽傘也掉到腳邊。

「虎吉爺爺連起身都有困難了，凶手竟然還……」

凶手連一個孱弱的老人，都無情殺害了。

三人千叮嚀萬交代，就是不讓鈴子回去，但鈴子下意識地邁開步伐，想要跑回她的家人身邊。銀六的一番話讓她打消了念頭。

「銀六叔叔交代我一定要找到凶手，我才停下腳步。他要我成為華族，找到那個逍遙法外的凶手，那個凶手也是華族。根據他的說法，犯人的手帕上有松印，所以他叫我不必回去了，只要找到凶手就好……銀六叔叔以前曾在華族家當差，至於是哪一家我就不清楚了，他知道華族有使用印的習慣。」

這也是鈴子認祖歸宗的真正理由。那一天起，「淺草的千里眼少女」便銷聲匿跡了。

聽完鈴子的話，孝冬依舊沉思不語。

「妳說的銀六先生……以前至少也是華族的管家吧？」

隔了一段時間，孝冬提出一個疑問。鈴子站起身來，搖搖頭說。

「不知道……這我也說不準，他很少提自己的往事。」

「沒有，這純粹是我的直覺，感覺他是一個聰明人。」

「他頭腦確實很好，用千里眼賺錢的主意，也是他想到的。」

淺草是個龍蛇雜處的繁華區，很適合做這種生意。至於該如何扮演千里眼少女，或是釣客人的胃口，這些伎倆也都是跟銀六學來的。

「我想也是。所以，他給了妳一個目標，讓妳回到瀧川家。」

「咦……」

「那時候凶手可能還在淺草，所以他們才在半路上等妳，叫妳去瀧川家尋求庇護，不讓妳回去。而且他們怕妳終日以淚洗面，給了妳一個『找出真凶』的目標……」

鈴子的腦海中浮現三人血流不止的身影，銀六跟平常一樣嚴厲，嚴肅的眼神看起來好像在生氣。丁姨滿臉焦急，虎吉只是溫柔地望著鈴子。鈴子再也壓抑不住心中激昂的情緒，淚水溢出眼眶，從臉頰滑落。

孝冬伸手撫摸鈴子的臉頰，手指也被淚水沾濕了。孝冬走近鈴子一步，一隻手搭在她的背上，輕柔地將她抱過來。鈴子就這樣靠進孝冬的胸膛，孝冬的西裝外套，散發出薰香的芬芳氣味。正確來說，孝冬不是將她抱過來，而是給她一個依靠的胸膛。安心感油然而生，鈴子放心地閉上眼睛，置身在清冽的香氣中，內心的壓力稍微得到了釋放。

＊

孝冬護送鈴子回家後，回到位於麴町的花菱家宅院。

「歡迎回來。」

管家由良出門相迎，孝冬把帽子交給由良，便叫由良退下了。由良面無表情，行了一個禮就離開了。

——連個輕蔑的表情都沒有，真沒意思。

孝冬爬上樓梯，一顆心也沒閒下來。孝冬的大哥名喚實秋，由良本來是大哥忠心耿耿的管家。由良那張冷硬的面皮下，肯定有一些不滿的情緒吧。

祖父還是一家之主的時候，大哥不但被視為眼中釘，還飽受冷落。孝冬也知道，家裡的下人看到祖父對他關愛有加，心底很不是滋味。如今被送去當養子的孝冬，竟然又回來擔任一家之主，下人們大概也不樂見吧。

孝冬打開房門進入室內，這裡是一家之主的房間。他靠在門板上站了一會兒，正面有一扇窗戶，窗外柔和的陽光穿透蕾絲製的窗簾。前方有一張大辦公桌，右手邊的牆壁還擺了一個西式的櫃子，左手邊的牆壁則是書架。孝冬走到房中央，轉身看著那一扇黃褐色的桃花心木大門。他彷彿看到地毯上有大哥癱軟的屍體。

孝冬沒有告訴鈴子，其實大哥是自殺身亡的。大哥拿了一條布巾綁在門把上，把自己活活吊死了。

孝冬靠著辦公桌，手掌撐在桌面上。室內充滿陽光，卻有一種陰寒冷冽、凍徹心扉的感覺。陽光照不到的地方落下了陰鬱的黑影，將孝冬拖入黑暗的情緒中。剛才跟鈴子見面時，內心洋溢的開朗情緒，也不復見了。

鈴子並不是一個個性開朗的女孩。奇怪的是，跟她在一起可以忘掉所有的煩憂，打從心底歡笑。

——就像風一樣。對了，她就像風一樣……

猶如五月清朗的涼風，蘊含著生機盎然、清新脫俗的氣息，鈴子就是那樣的人。

孝冬不得不回到這個因循守舊、充滿恩怨情仇的家，還被迫供養冤魂，和冤魂指定的女子結婚。這一切都令他厭惡不已，但他早就抱著無可奈何的心情接受了，沒想到——他的生活吹起了一陣清風。世人早已司空見慣的不公不義，鈴子卻無法苟同，她也讓孝冬體認到，那些不公不義並不正常。

清風吹進了孝冬的心房，也吹散了障蔽心眼的陰霾。這就是鈴子帶給孝冬的感覺。

孝冬深呼吸一口氣，撩起自己的瀏海，視線瞟向那個西式的櫃子。那是一個作工精美的櫃子，帶有新藝術風格的曲線。裡面還裝著大哥的私人物品。孝冬沒有丟掉大哥的東西，始終保持原樣。

他不知道大哥自殺的原因，大哥沒有留下遺書，就這麼死了。家中的人怕這件事傳出去不好聽，就請熟識的醫生開出病死的診斷證明，遞交宮內省。

孝冬打開其中一個抽屜，裡面放著幾條白色的手帕。大哥是個講究整齊清潔的人，手帕連一點皺紋也沒有。孝冬拿起其中一條手帕攤開，角落上用黑線縫了大哥的印字。

大哥用的是「松印」──

──不會吧？

孝冬一笑置之，想要消除心中的疑慮。使用松印的華族可多了，不可能那麼巧的。

可是，大哥是在六年前的秋天死去，跟鈴子情同家族的那三個人，也是在六年前的夏天慘遭殺害。兩種疑問不停地在孝冬心中反覆交錯，他不相信這種巧合，卻又無法完全否定這可能性。

最後，他把手帕放回抽屜，無力地蹲了下來。

花嫁簪

鈴子換上淡灰色的友禪染縐綢和服，配上紫色的扎染腰帶，來搭配和服的紫藤花紋。羽織是附有花紋的薄紗面料，有淡紫色到翠綠色的漸層，花紋同樣是紫藤。鈴子覺得這種搭配似乎有些刻意，衣襟上的假領也有紫藤的刺繡。鷹嬸的說法是，像她這樣的千金小姐，本來就該盛裝打扮。

「小姐，您這年紀的女孩子，再怎麼盛裝打扮也不為過啊。」

鷹嬸幫鈴子繫上腰帶，鈴子對她的說法存疑，不置可否。鏡中的自己，全身上下都是紫藤的花紋。腰帶打了個太鼓結，再綁上深紫色的帶締[19]。腰帶飾品出自名匠桂光春的手筆，上面雕有四季的花卉。

鈴子看著鏡中的自己，問了鷹嬸一個問題。

「我說鷹嬸，妳看我的眼睛，像是死魚眼嗎？」

鷹嬸正要幫鈴子披上羽織，她停下手邊的動作，一同看著鏡中的鈴子。

「哎呀……這比喻真是太貼切了，是哪位的高見啊？」

不是別人，正是孝冬，但鈴子沒有說出口。

「小姐您的優點就是沉靜穩重，神采奕奕的眼神跟您一點也不相配啊。」

「……妳是在稱讚我嗎……？」

「當然是啊，這是其他大家閨秀沒有的特質，挺好的不是嗎？」

「……」

「花菱男爵應該快到了吧？」

鷹孏幫鈴子整理羽織的領口，順口提到了孝冬。已經快十一點了。

「今天你們要去日本橋吃鰻魚啊？上一次吃壽司，之前則是西洋料理。花菱男爵知道很多好吃的餐廳，這是小姐的福氣啊。」

孝冬不時會邀鈴子吃飯，吃完飯通常也不會逗留太久，想必是在忙碌的行程中，硬抽出時間找鈴子吃飯吧。

宮內大臣也同意兩人結婚了，納徵[20]將在本月舉行，婚宴訂在秋季，全都選在吉日舉行。現在兩家開始排定詳細的結婚日程，鈴子終於有要嫁人的感覺了。據說，古人在論及婚嫁之前還有很多繁文縟節，現在只剩下納徵而已，算是輕鬆不少了。

「小姐，花菱男爵到了。」

---

[19] 帶締：固定腰帶的繩子，如果沒有帶締，打好的腰帶會散掉。

[20] 納徵：古代婚嫁六禮中的第四禮。男方擇一吉日，送禮物章服到女家的禮節。

女傭前來知會鈴子，鈴子戴上蕾絲手套，這一雙手套也是孝冬送的禮物。根據孝冬的說法，這是產自英國霍尼頓的蕾絲，用絹網蕾絲做成薔薇的圖樣，精緻又華美。相傳日本蕾絲就是參考霍尼頓蕾絲製成的，於明治十三年由英國婦女傳入日本。

孝冬今天也是一身西服，青灰色的西裝配上藍色的領帶，雕工精細的領帶夾上，還鑲有珍珠和祖母綠。

「妳今天打扮得真動人，就像紫藤的精靈呢。」

孝冬一看到鈴子的打扮，立刻給予好評。

「怎麼不說死魚眼了？」

「原來妳還記恨啊？這下糟了，對不起啊。」

孝冬嘴上道歉，表情卻很愉快。

「那好，我們出發吧。」

鈴子一上車，車子開往日本橋。起初孝冬帶鈴子去吃牛排那一類的西式料理，但不太合鈴子的口味。因此第二次帶她去吃壽司，這一次則是去吃鰻魚，壽司和鰻魚都是鈴子喜歡的食物。

鄰座的孝冬身上，傳來清冽的薰香味，感覺味道比平時更濃烈。

「鈴子小姐，今天我有要事相求。」

「跟鬼魂有關的事？」

「妳果然一點就通。」

「說來聽聽吧。」

「等吃完飯再聊也不遲。」

鈴子斜眼觀察孝冬的表情。上一次，鈴子靠在他的懷中哭泣，孝冬卻像什麼事都沒發生過一樣，送鈴子回瀧川家，也沒多逗留。

「怎麼了嗎？」孝冬轉頭看鈴子。

「沒事。」語畢，鈴子直視前方。

二人一到鰻魚料理店，店家帶他們到二樓的包廂入座。正對馬路的窗戶敞開，室內通風良好。這家店開在大馬路旁的巷弄裡，相當僻靜。

過了一會兒，店家送來裝鰻魚的飯盒，黑色盒蓋一打開就飄出醬燒的香甜氣味。鈴子光是聞到香味就好幸福，鰻魚肉上的醬汁閃閃發光，略帶辛香的山椒更令人食指大動。筷子剛碰到鰻魚肉，柔軟的肉身就化開了，外皮烤得香酥可口，醬汁和脂肪的甘甜滋味，實在好吃得難以形容。孝冬講話時，鈴子也沒聽進去，只是隨口附和罷了。

鈴子大快朵頤後放下筷子，抬頭一看，比她更快吃完的孝冬已經用手撐著臉頰，一臉笑咪咪的。

「怎麼了？」

「這裡的鰻魚很好吃對吧？」

「確實。」鈴子老實承認。孝冬瞇起眼睛說道。

「我還知道很多好吃的餐廳喔，每一家我都想帶妳去嘗嘗。下次妳想吃什麼？」

鈴子喝了一口番茶。

「我現在滿腦子都是鰻魚的滋味，晚點再想。」

「喔喔，這樣啊……」孝冬聽了噴笑。

「多謝款待。」鈴子低頭致謝，拉門外傳來說話聲。

「花菱男爵，請問你們用完膳了嗎？」

「是的，請進。」

拉門一打開，一名穿著紫藍色高級和服的中年婦女探頭進來，體型有些富態。看她的舉止和氣質，顯然不是一般的女傭。

孝冬替來者做了介紹。「這位是老闆娘。」

「初次見面請多指教，瀧川侯爵千金，本店的鰻魚還合您的胃口嗎？」
「請叫我鈴子就好，鰻魚非常好吃。」鈴子轉過身子恭謹答話。
「那真是太好了。」
老闆娘喜笑顏開，表情十分討喜。上了年紀的老闆娘脖子上有點皺紋，但圓滾滾的臉龐氣色紅潤又容光煥發，或許是常吃鰻魚滋補的關係吧。
老闆娘偷瞄孝冬一眼，孝冬也領會老闆娘的意思，請老闆娘入內一談。老闆娘進入包廂關上拉門，在二人面前正襟危坐，雙手拄地行禮。
「花菱男爵，我實在有一個不情之請……」
「別這麼說，老闆娘的忙我一定幫。」
孝冬以隨和的語氣客套一番，說完便望向窗外。
「差不多是時候了吧？」
「平常都是中午的時候來的。」
「二位在說什麼？」鈴子看著老闆娘和孝冬，對他們的談話感到納悶。
正好，外頭傳來午炮的巨響，大家一聽到聲音就知道正午時分了。所謂的午炮，就是陸軍在宮城本丸放的空炮，用以昭告時辰，這個習慣從明治四年持續到現在了，午炮聲中還有人沿街叫賣的聲音。

「金山寺屋來也～」聽這叫賣聲，想來是賣金山寺味噌的。叮鈴、叮鈴，還有搖鈴鐺的聲音。

鎮上有許多小販來來往往，包括賣花的、賣菜苗的、賣冰的、賣糖的、賣豆腐的、賣膏藥的、替人磨刀的、修木屐的和修陽傘的。人們要修理東西或購買食物雜貨，不必特地跑到店裡，在家門前叫住小販就行了。

現在這個季節，街上還多了一些夏季限定的小販，好比賣金魚和賣風鈴的。尤其到了端午時節，也有販賣消暑整腸藥的小販出現。這些夏季限定的小販，一到五月上旬就會自動現身。大家一看到他們，就知道夏天要來了。瀧川家也不例外，千津每到這個時節，就會找來特定的花商，購買她喜歡的牽牛花。賣金魚的也會來家中推銷，千津聽說金魚養在池子裡會被夜鷺吃掉，就沒有買了。

有些小販做生意是不分季節的，好比賣納豆的、賣麵包的或賣魚板的，賣金山寺味噌的也是如此。

「我們說的就是那個。」

老闆娘聽到叫賣聲，對鈴子解釋原委。

「金山寺屋的老爹，說來也實在可憐。」

鈴子觀察老闆娘的神情，老闆娘惋惜地搖搖頭，接著說道。

「那個老爹去世，也該有十三年了吧。」

「說到金山寺屋，也不是只賣味噌，還有販賣醃菜、甜豆這一類的東西，像梅乾啦、醃茄子啦、醬煮甜豆等等。有的小販是跟別人進貨，也有那種自己做好拿出來賣的，那個老爹的東西都是自己做的，而且味道特別好。不管醃菜還是甜豆都很棒，所以回頭客也很多，生意可興隆了。做那種小生意的，沒有回頭客可不行。每次聽到他叫賣的聲音，我就急急忙忙叫住他，跑去跟他買。

當年老爹好像才五十多歲吧，本來他家是旗本，也就是武士門第，到了明治時代日子過得很苦。當然啦，其他旗本的日子也不好過，很多人失去了身分和俸祿，依舊心高氣傲。可是那個老爹不一樣，身上完全沒有傲氣，從早到晚就拉個小貨車，親切地沿街叫賣。嗓音也好聽，很適合在街上做小生意，感覺就像個隨和瀟灑的大叔。可惜夫人早早就去了，他一個人含辛茹苦，把獨生女拉拔長大。女兒到了適婚年齡，也談定了婚事，一家子喜氣洋洋的，大家也替他們高興，誰知道……」

老闆娘口條不錯，果然有生意人的風範。她故事說到一半，臉色也沉了下來。

「那老爹說他沒錢給女兒準備嫁妝，好歹要買個髮簪表示一下心意，所以他就拖著小貨車叫賣到深夜，不料遇上了煞星。路上的醉漢找他麻煩，把他弄死了。可憐哪，醉漢對他又打又踹，剛好打到了要害。動手的醉漢馬上就被警察抓了，聽說好像是內務省還是外務省的官員吧，酒醒之後還謊稱自己一概不知情，很荒唐對吧？當然啦，官員殺人也不可能無罪釋放嘛，但也就是關進大牢裡，老爹也回不來了。街坊鄰居是又難過又生氣，也不曉得從什麼時候開始，街上又傳來那叫賣的聲音了——」

老闆娘講到一個段落喘口氣，外頭正好傳來金山寺屋叫賣的聲音，聲音的來源比剛才還要近。

「一開始我以為自己聽錯了，應該是其他金山寺屋的叫賣聲。不過，那聲音也太像了。我狐疑地出去外頭看了一下，又看不到人影，只聽得到聲音，連半個人影都沒有。叫賣的聲音慢慢靠近，然後又慢慢遠去，就只有這樣而已。我們店員和附近的人都聽到了，就是沒一個人看到人影。大伙猜想一定是老爹的魂魄未散，但除了叫賣聲也沒別的事，久而久之也沒人在意了，反正好人早晚會蒙佛接引的嘛，結果這一拖就過了十多年。」

老闆娘面帶苦笑。

「我們做生意的，也不可能整天掛念這種事情，畢竟陰森古怪的話題我們也聽慣了，只不過——」

老闆娘看了孝冬一眼。

「之前我告訴花菱男爵這件事，他說放著不管也怪可憐的，應該讓那個老爹安息才對。聽說您是神主是吧？哎呀，不是嗎？原來是宮司喔。這樣啊。所以，我是打算拜託花菱男爵處理一下。是說，您難得帶未婚妻來用膳，拜託您這種事真的不打緊嗎？」

鈴子早已沒心思聽老闆娘說話，因為穿著十二單的上臈，出現在孝冬身後了。那個冤魂眉垂目合，面露微笑。一身華美的古裝分外鮮明，青綠色的唐衣上有龜甲花紋，花紋還塗上了混有金粉的膠漆。唐衣下面是唐草花紋的紫色袷衣，更下面是深紅的打衣，以及好幾層袿衣，顏色從淡紫色到白色都有。包廂內瀰漫著濃濃的薰香味。

——是淡路之君。

鈴子渾身起雞皮疙瘩，一顆心如墜冰窖。淡路之君低著頭，一動也不動。

「鈴子小姐——鈴子小姐。」

鈴子聽到呼喚回過神來，轉頭看著孝冬。孝冬跟淡路之君一樣面帶微笑。

「事情就如老闆娘說的那樣，所以今天才找妳過來。不好意思，我只有今天有空。」

「不會──」

原來孝冬說有要事相求，就是要她一起來做這件事？

「金山寺屋來也。」

叫賣聲已經來到下方了。淡路之君緩緩抬起頭，鈴子不假思索，直接衝到窗戶旁邊。

「──叫賣的先生！」

鈴子大聲呼喊，下方有一個拖著貨車的男子，頭上戴著遮陽的斗笠，看不清表情。男子聽到鈴子的叫聲後停下腳步，揚起頭上的斗笠，仰望上方。鈴子看清了男子的臉龐，年紀大約五十多歲，留著一頭灰白的短髮。

「客人，要點什麼？」

男子仰望鈴子，黝黑的臉龐露出了親切的笑容。

「請給我味噌。等我一下，我這就下去。」

話還沒說完，鈴子一個箭步衝出走廊，完全不顧一臉驚訝的孝冬，以及老闆娘呆若木雞的反應。

她跑下樓梯，向女店員借了一個碗，還穿了店員的木屐衝出門。男子在原地等候，身上穿著藍色的棉襖，外頭套一件和式圍兜，腰上還綁著男用的三尺腰帶。下半身則是深藍色的長褲，再搭一雙草鞋。

鈴子氣喘吁吁地來到男子面前，男子每天拖著貨車沿街叫賣，體格很結實，表情卻相當柔和，看著鈴子的眼神也很溫柔，或許是想到了自家女兒吧。

「請給我味噌……」

鈴子忙著調整呼吸，也沒忘了說出要買的東西。男子笑著打開貨車的其中一個抽屜，所謂的貨車就是在拖車上放個大箱子，每個抽屜中都有不同的商品，好比金山寺味噌、醃菜、甜豆等等。男子打開的抽屜又分成好幾格，裡邊有金山寺味噌、醃茄子、梅乾，每一種看起來都好好吃。男子拿起筷子，夾了一些味噌放入碗中，鈴子聞到了味噌甘甜的味道。

「……聽說，令嬡要嫁人了……恭喜您。」

「是啊，多謝小姐美言。」

男子害臊地笑了。

「小女是我這鰥夫獨自養大的，總是不夠秀氣，所以我想買個漂亮的髮簪給她，讓她看起來端莊賢淑一些。」

「那我送她一個髮簪吧，就當是新婚的賀禮。我是住在赤坂的瀧川鈴子，是瀧川侯爵家的人。我答應您，一定會準備上好的髮簪相贈。」鈴子激動地給出承諾。

「這樣啊，那真是太感激了。」

男子溫和地瞇起眼睛，低頭道謝。

「那就麻煩小姐了。」

鈴子接下對方遞上來的碗，就再也看不到那個人了。味噌的氣味、小貨車，也都跟著煙消雲散了，碗裡也沒留下一點味噌。

「鈴子小姐。」

後方傳來孝冬的聲音，鈴子回過頭。孝冬凝視著她，臉上帶著淡淡的笑容，淡路之君也不見了。

「看樣子他安息了呢……」

孝冬望著已經沒人的空地，自言自語地說了一句。

「對不起。」

鈴子向孝冬道歉，那本來是要獻給淡路之君的鬼魂。

「不必道歉，沒關係的。反正他的魂魄也不合那個上臈的胃口。」

「胃口？吃鬼還有喜好？」

「有喔，那個上臈最喜歡恨意深重、悽慘苦楚的靈魂。」

「剛才那個賣金山寺味噌的，不是那種人嘛……」

「那個人死後也想買髮簪給女兒，才會一直沿街叫賣。可惜大家都看不到他，也沒人跟他買東西，所以一直沒辦法安息。妳答應要送他女兒髮簪，也算了卻他一樁心願吧。」

人都死了，還想著給女兒買髮簪——鈴子感動得交握雙掌。

「……得準備一個上好的髮簪才行，我答應他了。」

「髮簪我來準備吧，送給他女兒就行了吧。」

「你知道他女兒住哪兒嗎？」

「不，我不知道，查一下就行了。」

「這樣啊……」

孝冬要找記者朋友幫忙嗎？當年的案件應該有留下紀錄，不會太難找人才對。

「對了……你去送髮簪的時候，我也同行好嗎？」

「當然好，這是妳跟他的約定嘛。」

鈴子看著孝冬和善的表情。剛才，她想起了藝妓亡靈被吃掉的景象，深怕淡路之君吃掉金山寺屋的鬼魂，做出了反射性的舉動。

——我不想再看到那種景象了。

然而，餵養冤魂是孝冬的職責，不照做將災厄臨身。

鈴子俯視自己交握的雙掌，內心百感交集。

幾天後，孝冬準備了一個日式髮型專用的髮簪，上頭有一蕊含苞待放的牡丹，雕工精緻又古雅。牡丹之美人盡皆知，髮簪上的花蕾更是栩栩如生，花瓣開合的角度十分講究，彷彿在風中擺動，隨時都會開出一朵漂亮的牡丹。若說這是明治時代的雕工聖手加納夏雄的經典之作，也沒人會懷疑。這支髮簪就是做得如此精巧。

「真美的牡丹花呢。」

鈴子打開收納髮簪的盒子，發出衷心的讚嘆。

「虧你認識這麼棒的雕工師傅。」

兩個同父異母的姊妹看到了，絕對搶著下訂單。

「這是我認識的雕工師傅做的。我把前因後果告訴他之後，他就讓給我了——妳喜歡牡丹花嗎？」

「喜歡，花朵我都喜歡。」

「最喜歡的是什麼花？」

「不好說吔……」鈴子沒料到有此一問，不知該做何回答。

「妳喜歡百合吧？妳身上有『白百合』的香味，『芙蘿拉』系列的。」

「你鼻子真靈呢。」

鈴子壓住袖兜，印香「白百合」她都放在收納手帕的抽屜裡。如此一來，手帕就會染上淡淡的香氣，使用手帕就聞得到了。

「妳肯用我也開心，還喜歡嗎？」

「喜歡……」

鈴子的想法是——無論喜不喜歡都該拿來用，因為她就要嫁給孝冬了。

既然決定要嫁人了，總該有點表示才對。萬一自己有什麼不周到的地方，丟的可是瀧川家的臉面。瀧川家對鈴子有養育之恩，她也不想給千津等人添麻煩。

鈴子從袖兜拿出手帕，四周飄散著「白百合」的清香，那是一條白色蕾絲製的手帕，角落還有繡上鈴子的「花印」。鈴子一抬頭，孝冬也剛好轉頭看窗外，不曉得是不是刻意轉移視線，應該是錯覺吧？

「……關於『松印』那件事。」

鈴子觀察孝冬的眼神。

「你願意幫我對吧？」

「那當然。」

孝冬滿口答應，還附上一個笑容，那種皮笑肉不笑的表情，讓人猜不透他的心思，鈴子並不喜歡。

「只是口頭答應，還不夠嗎？」

「不要緊。反正寫下白紙黑字也沒意義，違約了又沒罰則。」

「怎麼說沒罰則呢，失去妳的信任就是懲罰啊，我可不想失去妳的信任。」

「你認為現在有得到我的信任？」

孝冬總算露出了愉快的笑容，鈴子喜歡的是這種表情。可是一想到自己喜歡他真心歡笑的表情，鈴子又害羞地低下頭來。

店家送來了蜜豆，鈴子把裝有髮簪的盒子還給孝冬，兩人來到銀座的蜜豆屋吃點心。蜜豆本來是路邊小販賣給孩子的點心，明治末期經過現代化改良，獲得了廣大的人氣。銀製器皿中放了赤豌豆、寒天、求肥、甜煮杏桃，再搭配鳳梨和柳橙這一類的水果，吃的時候再淋上一點黑蜜。蜜汁的甜味和赤豌豆的薄鹹味完美結合，形成一種很棒的滋味。

像這種賣甜品的店鋪，客人多半是年輕女子和婦女，而孝冬是罕見的男客，長相又十分俊美，自然引人注目。他本人倒是毫不在意，或許很習慣受人矚目吧。鈴子小時候擺攤做千里眼的生意，也很習慣在眾目睽睽之下，尤其當上了良家千金，身上的綾羅綢緞總是吸引同性的目光。極盡奢華的服飾，就是有這樣的魔力。

今天鈴子穿的是紫藤色的扎染和服，象牙色的腰帶上也有紫藤的刺繡。外頭則是一件深紫色的紗質羽織，上頭有杜若花紋。腰帶飾品上鑲有翡翠，周圍的金屬雕工做成孔雀羽毛的樣式，羽織的綁帶上也有小珍珠。這一身裝扮是鷹緒挑選的，寶石內斂的光彩和華麗高雅的和服，襯托出鈴子白淨空靈的美感。

「妳穿上嫁衣一定很美。」

孝冬望著鈴子有感而發。鈴子心想，這人看到她吃蜜豆，竟然說得出這麼肉麻的話來。但她也沒多說什麼，默默地吃下沾有蜜汁的寒天，這家店的寒天口感也很不錯。

說到結婚，鈴子想起了另一件事，暫且擱下甜點。

「婚禮要在哪裡舉行呢？之前你有說過嗎？」

之前兩位姊姊說，搞不好會辦在淡路島的神社，鈴子想起了這件事。

「啊啊，我們花菱家自古以來有個小小的儀式，反倒沒有現代那種隆重的神前式。」

「你所謂『小小的儀式』是指什麼？」鈴子心生疑念，端詳孝冬的表情。

「妳在懷疑什麼呢？儀式本身只要幾分鐘就能完成，不然今天我們辦完正事就去舉行儀式吧。」

「今天？」

「就我們兩個，妳跟我去一趟麴町的宅院，很快就能辦好，也不需要兩家人公證。」

「……你突然這樣講，我很難決定……」

鈴子猶豫不決，因為在她的觀念裡，不管辦的是古式婚禮或現代的神前婚禮，好歹都要等兩家人到齊了再舉行。

「妳要另外辦神前式也行，妳想辦嗎？」

鈴子搖搖頭拒絕了——那太麻煩了，連宴客她都嫌麻煩了。換個角度想，儀式簡短又不麻煩，那是再好不過了。

孝冬似乎完全摸透了鈴子的想法，和藹笑道。

「那就今天嘍。」

「不過，要先把正事處理好。」感覺自己被孝冬牽著鼻子走，讓鈴子有些懊惱。因此她出言提醒孝冬，頗有唱反調的味道。

「那是當然。」孝冬點了點頭，神態從容自在。

「希望對方願意收下這髮簪啊。」孝冬看著裝髮簪的盒子，自言自語。

所謂的正事，就是把髮簪交給金山寺屋的女兒。金山寺屋的姓名、生前住所、女兒嫁往何方等等，孝冬全部查清楚了。鈴子想問他是怎麼查出來的，但又覺得不要過問比較好，最後就沒有問了。

金山寺屋的女兒叫塩井六，住在芝區的二本榎，丈夫是賣陶瓷的。當地有不少寺院，供奉赤穗浪士的泉岳寺也在這裡。芝高輪一帶有東宮和華族宅院，北邊卻有新網町這種大型的貧民區，規模不下於下古萬年町、四谷鮫橋。

江戶時代鄰近主要幹道的高輪海岸，開了許多的茶鋪，也是私娼寮區域。二本榎位於高輪一帶，塩井家就在泉岳寺附近。屋子並不大，但門庭保養得很好，看上去相當整潔。司機把車子開到附近，鈴子和孝冬下車走向塩井家。鈴子走到門前停下腳步，因為門前有一名婦人低著頭，一動也不動。婦人身上穿著繡有家紋的黑色羽織，底下則是樸素的茶色和服。頭上梳著一個髮髻，背影看上去疲倦又陰鬱。

「鈴子小姐，那個千萬不能理會，我們還是辦正事要緊。」

孝冬一手按在鈴子的背上，鈴子這才領悟到，原來那個婦女不是活人。孝冬趕緊帶著鈴子走入大門，低著腦袋的婦女也沒瞧他們一眼。黑影遮住了婦女的表情，她就只是一直站在原地，似乎沒有進門的打算。

——那是怎麼一回事……

那個鬼魂又是誰？怎麼會來到這裡？

鈴子疑心驟起，但完成約定才是首要之務。來到玄關應門的阿六，年約三十多歲，打扮得乾淨又得體。眼神有些好強，給人留下深刻的印象。

孝冬編了一套說詞，說明自己來訪的理由。

「祖父生前嗜吃金山寺屋的味噌，還答應要送髮簪給您當結婚賀禮。無奈祖父還來不及實現諾言就仙逝了，我們晚輩也不曉得有這回事。直到最近整理祖父的書簡，才知道有這樁事情，為了完成祖父的遺願，我們才冒昧來打擾。」

「原來是這樣啊……」阿六聽了很訝異，但她還是請鈴子和孝冬入內一談，甚至泡了茶招待他們。

「煩勞二位跑一趟真是不好意思，我完全不曉得有這個約定。」

「聽我祖父說，很多客人都盼著跟令尊買味噌，令尊做的味噌美味可口，又不會仗恃自己過去的身分耍威風，待人一向親切。」

阿六聽了孝冬的說詞，在高興之餘又難掩悲傷。「真的就像您說的，有好多客人很照顧我們父女，家父去世的時候也承蒙他們關照，不然我自己一個人實在……」

「想必令尊也想一睹您穿上嫁衣的風采吧。」

孝冬以感性的口吻說完這句話，打開手中的布包，拿出裝有髮簪的盒子。

「希望您會喜歡。」

阿六一打開盒子，整個人看呆了。她連忙蓋上盒子，推還給孝冬。

「這、這麼高級的髮簪……！我承受不起啊，況且我現在也沒機會用到了。」

「請問您有女兒嗎？」

「是有一個女兒……」

「那就等您女兒出嫁時用上吧。」

「可是……」阿六雖然開心，但也猶豫該不該接受。

「還請您勿要推辭，就當了卻我祖父的一樁心願，這麼晚才實現約定，我祖父在九泉之下一定很氣惱。」

孝冬的口才果然不是蓋的，阿六終於笑著收下髮簪。

「那好吧，我就代小女收下了。想不到過了這麼久，還能收到這麼有心的賀禮。」

「這都是令尊的仁德感召啊。」

阿六低下頭，抹去眼角的淚水。

「真的謝謝你們……家父為了我，每天忙活到深夜，卻遇上那樣的事情……他是幹粗活的，要打退醉漢根本輕而易舉。不過，他大概是怕影響到生意……而且萬一事情鬧大，也可能會影響到我的婚事，所以才不還手的吧。我倒希望他還手，與其被人活活打死，還不如還手自保，哪怕婚事告吹，我也不覺得可惜啊。」

阿六似乎再也壓抑不了情緒，用手摀住顏面，抽抽噎噎哭了起來，鈴子和口才卓絕的孝冬都找不到話安慰她。和室的拉門沒關，一陣微風吹進和室，風中還帶著小孩子嬉笑玩樂的聲音。可能是小孩子在寺院遊玩吧，阿六的女兒也跟其他孩子玩在一塊兒嗎？孩子們的嬉笑聲開朗又明快，宛如聲音中都透出元氣的光彩。

鈴子和孝冬到佛壇前上了香，就離開阿六家了，那個婦人還站在門外，她到底是誰呢？鈴子也沒法用旁敲側擊的方式詢問阿六。二人經過垂頭喪氣的婦人身旁，走到大路上。鈴子回過頭，凝視著婦人消瘦孱弱的背影。

「……那到底是誰呢？」

鈴子喃喃自語，此時一旁有人答話了，但回答的人並非孝冬。

「她啊，是一個很可憐的太太。她一直想來跟那家人道歉，說來也真可憐。」

上方傳來一陣高亢的嗓音，聽起來有點像破聲的笛子。鈴子嚇了一跳，抬頭往上看，寺院的石牆上方，有個女子露出半張臉，頭上也梳著髮髻，笑咪咪的眼睛像新月一樣。

女子雙手攀住石牆，一看就不正常，因為石牆比孝冬的頭還要高，一般人不可能直接越過石牆探頭出來。

孝冬一把將鈴子拉到身後，挺身相護。

「鈴子小姐，那個千萬不能理會。」

剛才鈴子看到門前的婦人，孝冬也說過一樣的話。

——所以這也是鬼魂。

「不要跟那東西對上眼。」

鈴子從善如流，趕緊低下頭不再看對方，只聽到好像有蟲子在牆上爬的窸窣聲，鈴子用眼角餘光偷瞄，發現女子竟然在牆上爬，嚇得差點叫出聲來。

窸窸窣窣，女子的四肢在牆上移動。銘仙和服的衣襬大開，露出底下紅色的襯衣，襯衣上有紅葉花紋。

「那位太太啊，本來住在山之手。丈夫發酒瘋打死了路邊小販，她就跑來跟小販的女兒道歉，很可憐對吧。那位太太也常被酒品不好的丈夫毆打，報紙還寫得很難聽，說她是低賤的藝妓出身。世人口誅筆伐，好像都是那位太太的錯，真令人同情。最慘的是她女兒，跟自己的心上人也走不下去了，可憐一個好端端的女孩子，最後從淺草十二階跳樓自殺。」

女子嘴上說可憐，但笑得整張嘴都要咧開了。鈴子似乎聽得到張狂的笑聲，只想把耳朵摀起來。

「那位太太生無可戀，卻又一心想跟被害者的家屬道歉，結果生了重病，一命嗚呼了，死後也一直來道歉。反倒是她丈夫還活得好好的，說來也真是諷刺呢，好人不長命，惡漢活得久啊。」

鈴子感受到一股惡寒，全身上下起雞皮疙瘩，幾乎要站不住了。這已經不是亡靈，而是怪物了。

「鈴子小姐，妳把耳朵摀起來就好，上臈就喜歡吃那種的。」

鈴子未及問清楚是什麼意思，已先聞到一股清香了，是熟悉的清冽香味。淡路之君在鈴子面前現身了。

淡路之君以俐落流暢的動作，飛身抓住女鬼的髮髻。女鬼發出了哀號聲，淡路之君的衣物和秀髮翩然飛舞，才一眨眼的工夫，女鬼的頭就不見了。淡路之君揚起一隻手，抓住女鬼的胳膊，女鬼的上半身也消失了。女鬼只剩下和服的下襬和小腿肚，最後淡路之君一把抓住女鬼的小腿，女鬼的下半身也不見了。淡路之君美麗的秀髮更添光澤，無風自動，只見她嫣然回身，嘴唇劃出一道淺笑。

淡路之君飄回孝冬身上，雙手抱住他的頭，身形化為一道輕煙，也消失無蹤了。現場只剩下薰香的味道。

鈴子摀住胸口，淡路之君消失的那一瞬間，看了她一眼，臉上帶著嘲弄的笑意。

「哪裡不舒服嗎？」

孝冬關心鈴子，鈴子聽到聲音才回過神來。

「冤魂吃亡靈，那景象看了很不舒服對吧，妳不用勉強自己看。」

「我沒事……」

鈴子望著剛才女鬼攀爬的那面牆壁。

「剛才那個，那是……那是亡靈嗎？」

孝冬也順著鈴子的視線望去。

「那個應該說是『魔』或『魔物』比較貼切吧。」

「魔……」

鈴子想起那個女子的身形。那是一種會喚醒本能恐懼和厭惡感的存在，令人背脊發涼。

……那麼，門前的鬼魂又如何呢？

鈴子回頭看大門，那個婦女的鬼魂已經不見了。

「……剛才那妖孽說對了一件事，那位婦女的丈夫就是殺害金山寺屋的凶手。」

孝冬娓娓道來。

「那種妖孽講話虛實交錯、口若懸河，最好不要往心裡去。只不過，這一次講的幾乎是事實。」

「那婦人一直來道歉，女兒也自殺了……？」

「對。不過，那婦人的女兒不是從淺草十二階跳樓自殺的，我記得是上吊死的。」

「……你從哪裡聽來的……？」

「妳想知道嗎？」孝冬笑著反問鈴子。

「不，我沒有特別想知道。」

「是記者告訴我的，阿六女士的住址也是他告訴我的，我順便打聽了另一個住址。」

「另一個住址？」

「那位婦人生前住的家。」

——他打聽這個要幹什麼？

鈴子才剛起疑，孝冬已經起步走回車子了。

「走吧。」孝冬要鈴子跟上，鈴子不必問就知道要去哪了，從孝冬的語氣推斷，只有一種可能性了。

「一起去那位婦人家吧。」

車子在大馬路上開了一會兒，司機按照孝冬的指示，一路開往曲折的小巷中，最後開到車子再也進不去的地方。

兩人下車步行，這一帶的街景有點類似下町，狹窄的路面有一半以上是水溝，水溝上面只蓋了塊木板，能夠通行的面積不大。路邊是擁擠的集合式住宅，還有人放烹飪用的小爐和盆栽，一個不留神很容易踢到東西跌倒。

嬰兒哭聲和小孩嬉笑打鬧的聲音此起彼落，一點也不寧靜。水溝氣味難聞，也許是前幾天下雨的關係吧，整體環境沒有貧民區那麼糟糕，但和恬靜清幽有一大段差距。鈴子和孝冬在這裡顯得格格不入，小祠邊有幾個孩子在玩耍，共用水源附近也有幾個婦女在洗衣服，大伙都對他們投以好奇的目光。

孝冬走到小巷的角落，其中一間集合式住宅的門板上，貼著招租的告示。

「就是這裡？」

「沒錯。」

「怎麼會沒人住呢……」

近年來都市人口快速增加，房子的數量根本不夠。在山之手地區租一間房子住，算是中產階級的一大夢想，但一般平民主要還是住在集合式住宅。來找工作的外地人有增無減，照理說集合式住宅不可能有空房。

「聽說是房子鬧鬼的關係。」

鬧鬼——是指那位婦人的鬼魂嗎？

「找個人打聽詳情吧。」

語畢，孝冬轉身望向後方，幾位婦女蹲在共用水源旁邊洗衣服，打量著孝冬和鈴子。她們一看到孝冬轉身，也停下了手邊的動作。孝冬也懶得多想，直接走向那幾位婦女，鈴子也追了上去。

「打擾了，各位夫人。關於那一間空屋，有幾個問題我想請教一下。」

孝冬語氣溫文儒雅，而且笑容可掬，三位婦人很自然地用圍裙擦擦手，起身等他問話。

三位都是中年婦女，身穿木棉和服，頭上綁著布巾。

「我朋友想租房子，正在找合適的物件，請問那間房怎麼樣呢？」

聽了孝冬的疑問，三位婦女都大搖其頭。

「不好啦，那一間千萬別租。」

「之前也有好幾個人租，可是聽說房子鬧鬼，大家住沒幾天就跑了。」

「也難怪啦，出過事情的房子嘛。」

三人七嘴八舌，嗓門可大了。

「出過事情的房子……？」

孝冬故意裝蒜，三位婦女面面相覷，都在等對方先開口，其中一位看起來最年長的婦女終於說話了。

「那裡本來住了一對母女，女兒過世以後，做母親的沒多久也跟著去了。」

「女兒好像是從十二階跳樓死的，母親是病死的。」

「啥？母親不是上吊死的喔？我聽說是上吊死的吔。」

顯然左鄰右舍的訊息也很混亂，孝冬插上話了。

「應該不是從十二階跳樓死的。」

「是喔？怎講啊？」

「過去只有三個人從十二階跳樓身亡，明治四十二年有三人接連跳樓，分別是二十六歲的男性、十六歲的少女、三十歲的婦女。」

「那就不是跳樓啦。」最年長的婦女也附和孝冬，接著又說。

「當年那女兒才十八歲，也不是明治年間去世的。」

三人當中，大概這位的記憶最可靠吧。

「十二階不是死過很多人？我丈夫說，報紙上都有寫啊。」

另一位婦女打岔了。「您說的那篇報導，好像叫〈十二階物語〉吧？還替十二階取了一個『死亡之塔』的稱號。之前刊了好幾期，整篇報導都在胡說八道，真令人頭疼呢。」

鈴子沒聽過那篇報導，她只覺得戰後的報紙內容變得很低俗，還充斥一大堆藥品和化妝品的廣告。

「胡說八道？唉唷，真的假的？我還以為是真的吔。」

「不過，那家女兒確實是自殺死的，所以啊，上吊的應該是女兒吧。」

「對啦，那太太是病死的，不是自殺。」

最年長的婦女下定論，其他兩位也異口同聲附和。

「那太太很堅持要跟被害者的家屬道歉，還說沒道歉之前不能死。我勸她放下，她就是聽不進去啊。」

「對吼，我記得阿君妳跟那位太太很要好嘛。」

「也不到要好的地步啦，就看不下去。整個人都瘦成皮包骨了，還穿著一身黑衣去高輪找人家道歉，對方應該也不想看到她吧。」

名喚「阿君」的年長婦女，抬頭看著孝冬說道：「那太太嫁到一個愛喝酒的窩囊廢，發酒瘋把人打死了。聽說官階不小，平常工作也還算認真，但一回家就喝酒打老婆。鬧出大事之前，街坊鄰居也不知道她老公酗酒，想必出門在外都裝得人模人樣吧。」

「很沒天理吼。這附近也不是沒有其他酗酒的窩囊廢，但那種窩囊廢很好認，因為一大早就喝茫了嘛。」

「不過，那太太以前是當藝妓的，聽說當上官夫人以後，不但鋪張浪費，還經常紅杏出牆是吧？」

「沒有啦，那太太不是那種人，她一看就很懦弱啊，所以才被老公吃得死死的。依我看吼，她早該跟那窩囊廢分手了。」

「對啊，那種爛人早該分一分了。遲遲不分，還不是貪戀官夫人的名號。」

「再說了，那太太要是肯勸她丈夫少喝點，她丈夫也不會去殺人吧。」

——講得好像都是那太太的錯一樣。

鈴子看過那位婦人憔悴的背影，所以聽到這些話特別痛心。同時，鈴子想起了剛才碰到的「魔物」，那個妖孽也是一副幸災樂禍的語氣，散播虛實交錯的謠言——

「這讓我想到鈴弁殺人事件[21]呢。」

孝冬聽著三位婦女嚼舌根，突然丟出這句話來，三位婦女一時聽不懂他在講什麼。

「大約一年多前，不是發生過鈴弁殺人事件嗎？就農商務省的官員殺死商人——」

「啊啊！你說那個喔！我想起來了，被害人還被分屍丟到河裡去對吧。」

那起震驚日本社會的凶案，鈴子也記憶猶新。大正八年六月初，有人在信濃川發現一只皮箱，裡面塞了斷肢殘骸，引起軒然大波。犯人先以球棒打死被害人，再將遺體肢解，手段凶殘至極，而且犯人是農商務省的官員，也是震驚社會的一大原因。殺人動機是債務糾紛，被害人姓名中有鈴弁二字，所以被稱為「鈴弁殺人事件」，犯人當年就被判處死刑了。

「那起案子，官員的老婆也被輿論波及，非常可憐呢。」

三位婦女對看一眼，神情頗為尷尬。

孝冬說得沒錯。由於凶案本身太具衝擊性，報紙連續幾天杜撰各種荒誕的報導，攻擊犯人和他的家屬。好比說犯人的母親是青樓女子，甚至說犯人的妻子不懂得持家，連丈夫殺人時都不在家。鈴子看了報導心情大受影響，從此就不太看報紙了。

「其實呢，我認識的記者朋友說，他們當時也是義憤填膺——才會刻意商業化，寫下那種低俗又傷人的報導。」

三位婦女一臉懵懂，似乎不了解何謂商業化。三人收拾腳邊的洗滌衣物，不好意思再待下去了。

「反正啦，那間屋子最好不要租喔，大爺。」

「這樣啊，真的很感謝妳們的意見，打擾幾位了。」

孝冬裝出親切的笑容後轉身離開，鈴子從頭到尾都一語不發，一來她沒有插嘴的機會，二來也不曉得該說什麼才好。那三位婦人講話的方式自然跟華族不同，跟貧民區常見的說話方式也不一樣。

「賭博、酗酒和謠言，這些對人生有害的玩意兒，為什麼人們趨之若鶩呢？或許這些東

㉑鈴弁殺人事件：一九一九年六月發生在新潟縣的殺人案件，是日本第一起分屍殺人案。別名三憲事件。

西有讓人著迷的魅力吧，最惡劣的就是謠言了，以訛傳訛又不花錢。」

孝冬邊走邊嘀咕。「尤其報紙帶頭興風作浪，也無法可管。媒體完全走樣了啊——上面這些話，都是那個記者的看法。」

孝冬對鈴子報以微笑，鈴子看著他的臉問道。

「那你的看法呢？」

孝冬聽了有些訝異，腳步也停了下來。

「我這個人，沒什麼主張或意見的，就跟水一樣。我一路走來都是隨波逐流。」

孝冬似乎還有話想講，但終究沒說出口。鈴子原本想再多聊幾句，注意力卻突然被空屋吸引。

有一道黑影出現在空屋的門前，看上去像黑色的黴菌，黑影靜靜地移動，朝巷弄的入口——也就是朝鈴子他們的方向飄去。鈴子自動退到一邊，黑影慢慢幻化成女子的人形。女子低著頭，身穿黑色羽織，就是他們在阿六家門前看到的婦女。

婦女低頭緩緩走過鈴子身旁，離開集合式住宅的巷弄。走的時候，渾身還散發出陰鬱的氣息。可能是要去阿六家吧，難道那個亡靈要不斷重複同一件事，直到永遠嗎？

孝冬追上婦女，鈴子緊隨在後。

「那個已經快要成魔了。」

孝冬面朝前方，對身後的鈴子解釋。

「變成那樣就再也聽不進別人的勸告了，只會日復一日不斷去道歉。最後，她會在別人家門前化為冤魂，為惡害人。」

「怎麼會……」

——這下場未免太殘酷了。

孝冬停下腳步，淡路之君從他的身上現形了。

——淡路之君要吃掉那個婦人，一個可憐的鬼魂，就要被吃掉了。

鈴子被濃烈的薰香味嗆到，用手摀住鼻子。孝冬回身看鈴子一眼，往旁邊挪了幾步，用身體擋住那位婦人和淡路之君。

「妳不用看沒關係，鈴子小姐。」

孝冬的語氣很溫柔。「很快就好。」

鈴子只要看孝冬的背影就好，孝冬卻無法迴避吞食亡靈的景象。他一直看在眼裡，看著那些失去歸宿又痛苦無比的亡靈，被吞食殆盡。

這該說是悲慘，還是救贖呢？

——這個人……

孝冬轉過身來。

「結束了。」

鈴子觀察孝冬，那張掛著微笑的臉上，看不出任何感情。不過——

「……你現在，是什麼樣的心情？」

孝冬直瞅著鈴子，臉上失去了笑容。「這……我自己也不曉得。」

鈴子的內心突然受到極大的震撼。

「我想，你現在應該很難過吧。畢竟又有誰知道，亡靈唯一的解脫竟然是被吞食殆盡，這一定讓你很痛苦吧。」

孝冬苦笑回答：「鈴子小姐，我的人品沒有這麼高尚喔。」

「你連自己的感受都不知道了，怎麼會知道自己的人品？」

孝冬半張著嘴，不曉得該如何回應。

「我好像開始了解你了，當然了解得不夠多就是了。不過，我應該比你更清楚你是一個怎樣的人。」

話一說完，鈴子走過孝冬身旁，朝巷弄的出口走去，路上已經看不到婦人的亡靈和淡路之君了。那間鬧鬼的屋子，在不久的將來也會租出去。新的居民搬進來後，那位可憐的婦人還會被大家記憶多久呢。

「鈴子小姐，鈴子小姐。」

孝冬大步追上。「接下來就按照約定，跟我回花菱家一趟吧。」

「好。」鈴子不記得自己有答應過這件事，但依舊同意了。

「儀式結束後，妳就是花菱家的媳婦了——」

孝冬溫吞笑道：「我們一起生活吧。」

車子開入花菱家宅院，管家跟之前一樣在玄關相迎。孝冬下車後，叫管家拿一些炭丸到「汐月之間」。之後他牽鈴子下車，帶鈴子前往宅院內。孝冬帶鈴子到某個房間，鈴子對那裡並不陌生。

「這裡就是『汐月之間』，名稱的由來是一種香木，叫『汐之月』，也就是淡路之君寄宿魂魄的香木。」

鈴子一進房，果然聞到濃烈的香氣。

「香木的本體在淡路島，就供在神社裡。這裡放的，是從本體上削下來的一點木塊，照規定，用完了就要回淡路取。」

中央有一個放置香爐的臺座，這點也跟上次一樣。唯一不同的是香爐，彩釉的香爐換成了青瓷的香爐。

「這是砧青瓷的香爐。大陸的青瓷品質比較好，其中最高級的是越州青瓷，流入日本的越州青瓷又有分等次，最好的是『東山御用砧花器』，這又叫做『砧手』——我知道記這些很麻煩，還是請妳了解一下，因為淡路之君喜歡高級的東西。」

誠如孝冬所言，香爐顏色的確很漂亮，淡綠色中又帶點青藍，猶如春季的天空。

「另一個房間有香爐的保管庫，但焚香用的東西大多放在這裡，就在那邊——」

孝冬指著牆邊的櫃子，櫃子上有拉門，最上層放了托盤，下面還有個小箱子。拉門上有櫻花、雉雞、雪花和白鷺等四季花鳥。孝冬走近櫃子，挪開上面的托盤，再將盒子放在托盤的上頭。那是用蒔繪技法做成的漂亮盒子，用金粉和漆做出類似梨皮的質感，上面還有花菱的紋樣。盒蓋上有繫繩，孝冬打開繫繩取下盒蓋，內側鋪有竹皮，竹皮下放的是精緻的布袋和幾個小型的蒔繪箱子。

孝冬拿起其中一個箱子，取出當中的紙包。

「這是香包，香木的碎塊就放在裡面。」

紙包上有波濤和月亮的圖案，以及「汐之月」這幾個字。

「包成這樣是要防止香木的味道染上其他東西，總共包了兩層，一層是用竹紙，然後再用這個有圖案的紙包起來。」

所謂的竹紙，就是一種用竹皮製成的紙張。

孝冬把香包放到托盤上。

「這也不是在搞傳統技藝，沒有特殊的禮節規定，妳就隨便焚香吧。」

「咦？我來？」鈴子訝異地看著孝冬。

「對啊，以後每天早上焚香就是妳的工作了。」

「你說『以後』……總不會從明天早上開始吧？」

孝冬剛才說，儀式結束後要一起生活。但鈴子不可能一下就搬來這裡，便拒絕了。

「時間妳自己挑是沒關係，只是請妳盡量快一點。」

「這樣啊……」

「至於妳的家人，由我去跟他們說吧。」

「……你很擅長斷人退路呢。」

「這叫射人先射馬，擒賊先擒王啊。」

「老爺，炭丸給您拿來了。」這時有人敲門報備。

進入室內的管家，手上端著一個托盤，上面有類似香爐的東西。孝冬接下托盤後，管家就離開了。

「他叫由良，年紀雖輕，服侍我們家已經很久了。妳有什麼事，交代他去處理最快。」

孝冬走到中央的臺座，請鈴子幫忙端著托盤。

「不好意思，請幫我拿一下。」

托盤上的香爐裡有燒紅的炭丸，上面再放一張網子。

「這是火取香爐，用來轉移火種的。像這些焚香用的道具，使用方法都很優雅，體驗得到貴族的文化。」

臺座下方有一個放置器材的桶子，孝冬從裡面拿出火鉗，再用火鉗夾走火取香爐的網，把炭丸放入灰中，上面再撒上一層灰。

「像這樣先把灰加溫，用灰的熱度炙出香氣，直接用燒的話，香木會發出焦臭味。」

鈴子聽懂了門道，專心看著孝冬示範。孝冬的舉止從容優雅，動作又不失俐落，而且手指修長，指甲的形狀也很漂亮。

「——看懂了嗎？」

鈴子的注意力都被孝冬的手勢吸引，直到孝冬問話，她才回過神來。現在灰已經加溫，就差放上香木了。

「步驟沒有很難對吧，就把灰加溫，放上香木就成了。不過，一開始妳還不習慣，我怕妳燙傷，我們兩個一起來吧，就當是每天的早課。」

鈴子也怕自己一個人搞砸，所以答應了。

「那好，開始吧。」

儀式要開始了，鈴子屏息以待，注視香爐。

孝冬拿了另一把火鉗，將小小的香木碎塊放到灰上。乍看之下只是普通的茶褐色木塊，但過沒多久就散發出香氣，清冽深奧的韻味中還夾雜了幾分寂寥。

漸漸地香氣充滿整個房間，彷彿也滲入了鈴子的頭髮和肌膚。鈴子心想，或許她也會跟孝冬一樣，身上自然地散發出這種薰香的味道吧。

——好像全身都被香氣纏繞束縛，鈴子甚至產生了這樣的錯覺。

冉冉升起的輕煙搖曳，幻化出一位古裝女子，正是淡路之君。白皙的瓜子臉上，有一雙黑寶石般的眼眸，以及小小的紅唇。淡路之君瞇起雙眼，眼睛幾乎沒有眼白，嘴唇的兩端也往上吊。

淡路之君朝鈴子伸出手，如同櫻蛤的指甲尖端釋放出煙霧，煙霧飄散在鈴子四周，纏覆在她身上。鈴子以為自己要被淡路之君吃掉了，說不定花菱家的人都慘遭淡路之君的毒手，一旦遭受束縛就再也逃不掉了，應該就是這樣的詛咒吧。

鈴子不經意地閉起雙眼，香氣越來越濃烈，她稍稍睜眼，發現淡路之君湊到面前，嚇得差點尖叫。

黑色瞳仁宛如深不見底的洞口，又好像星月無光的黑夜和大海。肌膚白皙潔淨，還能看到底下青色的血管，嘴唇紅到令人頭皮發麻的地步，表面也都龜裂了。換言之，嘴唇早已缺乏生機，純粹是在上頭勉強抹紅。

鈴子恐慌心悸，渾身寒毛直豎，背部也滲出冷汗。好可怕，她從來沒有見識過這麼可怕的亡靈。腳踝傳來一陣刺痛的感覺，淡路之君的笑意更明顯了，隨後那張笑臉化為輕煙，煙霧慢慢消散，就這麼消失了。

鈴子雙腿發軟，差點倒臥在地，孝冬一把抱住她。

「哪裡不舒服嗎，鈴子小姐？」

鈴子搖搖頭，她不只雙腿發抖，而是全身都在發抖。

孝冬扶她坐到地上休息，還觀察她的氣色，一副很擔心的模樣。

「感覺怎麼樣了？」

「我沒事……只是有點……渾身無力……」

「妳在發抖。」

鈴子反望著孝冬的雙眸。

「你都不會怕嗎？」

孝冬聽到這個疑問，表情頗為詫異。

「淡路之君……讓我覺得很可怕。」

孝冬凝視鈴子，眼中流露出痛苦的神色，鈴子也看出來了。

「……對不起，鈴子小姐。都是我連累妳，那一天要是沒碰到妳，淡路之君也不會找上妳了。」

孝冬低下頭，等他再次抬起頭來，也沒再迴避鈴子的視線。

「不過，妳已經是花菱家的人了，不可能擺脫淡路之君的——請妳原諒。」

鈴子似乎在孝冬的眼神中，看出許多錯綜複雜的感情，她也看出孝冬為那些感情所苦，孝冬不只為連累鈴子感到痛苦，更有其他的苦楚。

孝冬抱住鈴子，那寬大的手掌好溫暖，緩和了鈴子的恐懼。

鈴子發現自己身上也散發出香氣，那股香氣已經不只為孝冬獨有了。她只是閉上眼睛，沉浸在那股香氣之中。

＊

孝冬目送司機載鈴子回家後，轉身走回屋內。他爬上樓梯前，叫由良把御子柴找來，這位御子柴是花菱家的管事。孝冬進入房間，坐到椅子上。

——原來她也覺得可怕……

孝冬原以為鈴子是個沉穩的人，不會感到害怕。然而，就連性格穩重的鈴子，也害怕淡路之君。

事到如今，他才痛恨自己生在花菱家。待在這座宅院裡，孝冬就會想起小時候莫名其妙被父母疏遠，被祖父溺愛的過往。過往的回憶總是折磨著他，直到祖父死後，父母把他送給別人當養子，他才明白個中原由。

——如果我沒生在花菱家，我跟她又會怎麼相遇呢？

孝冬想了好多沒有意義的如果。比方說，如果他是養父母的親生兒子那該多好。養父母待他不薄，讓他體驗到家庭的溫暖，他一直希望自己是養父母的親生兒子。問題是，如果這個夢想成真了，那他大概沒辦法跟鈴子結婚吧。

孝冬長嘆一口氣，閉起眼睛休息。心中有太多的思緒亂成一團，害他無法好好思考，波動的情緒始終靜不下來。

閉上眼皮時，鈴子的身影出現在黑暗中，不偏不倚地凝視著他。鈴子努力想了解他，即便鈴子不是自願答應這樁婚事，依然真誠相待。

——相形之下，我差太多了。

孝冬垂頭喪氣地摀住額頭，眼角餘光瞄到了櫃子，裡面裝有大哥的遺物。萬一大哥的遺物被鈴子看到了，那該如何是好？

鈴子若知道大哥用的是「松印」，也不會直接認定大哥就是殺人凶手——不過，鈴子一定會質問孝冬，為何要隱瞞這件事。屆時孝冬將失去鈴子的信賴，這是他不樂見的。

乾脆徹底調查大哥的遺物，找出大哥不是凶手的證據吧。不行，那是不可能的。真的查下去，頂多只會找到大哥是犯人的證據，不可能有證據證明大哥是清白的。沒有人能證明大哥是清白的，除非抓到真凶。

對啊，抓到真凶就行了——可是，萬一大哥就是真凶該怎麼辦？孝冬抓了抓自己的頭髮，反正大哥的事是非查不可了。他心裡明白這個道理，明白歸明白——

「老爺，您找我？」

御子柴敲了敲門，前來報到。孝冬要他進來，這位年老的管事靜靜地開門入內。御子柴一族世世代代服侍花菱家，他本人也是祖父的心腹。簡單說，他是孝冬在花菱家唯一信賴的傭人。

「老爺有何吩咐？」

「大哥的遺物都幫我處理掉。」

老管事聽到這要求，嚇了一跳。

「是……您全部都要清掉，是嗎？」

「沒錯。」

「這樣好嗎？」

這位老管事每次接到命令，都是二話不說直接照辦，很少再三確認孝冬的意向。

孝冬低下頭，思考了一會兒。這個選擇——是正確的嗎？遺物處理掉就再也回不來了，鈴子也不會看到大哥的「松印」。

「無妨。」

「……遵命老爺，我這就去辦。」

孝冬叫住正要離開的御子柴，更改了命令。

「先等一下——還是算了吧。我是說，不用處理也沒關係。剛才的事當我沒說。」

「遵命老爺。」御子柴立刻低頭領命。

老管事離開後，孝冬靠在椅背上吐了一口氣。

——清掉遺物也沒用，說不定鈴子會從其他傭人口中，得知大哥用的是「松印」。

萬一清理遺物的事穿幫，他肯定會失去鈴子的信賴。那些效忠大哥的傭人，對他也會更加不滿，這不是好方法。

——看樣子我的判斷力失準了……

孝冬靠在椅背上，抬頭仰望天花板。才剛和鈴子分別沒多久，他已經好想念鈴子了。

魔女的燈火

鈴子回到家，在浴室發現了腳踝上的痕跡。左腳的腳踝，有一個類似菱形的紫紅色痕跡，並不像撞到留下的傷痕，反而更接近胎記的感覺，形狀也很像花菱的紋樣。

她想起在儀式的過程中，腳踝上有輕微的痛楚。

——那時候留下的？

鈴子用手指撫摸腳踝，打算下次向孝冬問個明白。

「哪有這種事的，未免太過分了吧！」朝子先發難了。

「對啊，哪有在納徵之前就先完婚的。」雪子也十分不滿。

這件事發生在兩家正式納徵之後，孝冬和媒人都離開瀧川家了。順帶一提，鈴子的父親也不曉得跑哪去了。應該說，他肯到場參加就算了不起了。

「花菱家是神職，比較特殊嘛……」

鈴子安撫兩位姊姊。

「而且，他還要妳先搬去花菱家？」

「不是秋天才要宴客嗎？」

兩位同父異母的姊姊，現在沒時間好好幫妹妹準備婚事，難免有些怨言。鈴子明天就要跟孝冬去旅行，旅行完就要搬到花菱家了。

「父親大人也真是的，竟然自作主張答應了！」

孝冬做事果然滴水不漏，他事先知會鈴子的父親，也徵求了同意。父親大概也沒深思熟慮就答應了吧，父親就是這種人。

然而，孝冬似乎沒想過要說服兩位同父異母的姊姊，可能是看她們已經嫁人了吧，照理說兩位姊姊今天也沒必要到場。

「花菱家的作風就是這樣嘛……」

鈴子也沒其他說法可用了。

「妳們兩個得了，都已經決定好的事，這也沒辦法啊。她是去嫁人，又不是以後再也見不到面了。」

千津也出來緩頰。兩位姊姊還是不甘願，但也靜下來了，也只有千津有這本事叫兩個女兒閉嘴了。

「總之，要快點做好出嫁的準備才行。」

千津又接著說道。

「這下沒時間等到秋天了。」

「對啊，要先備妥夏季的衣物才行。不然小鈴在夫家沒衣服穿，那可怎麼辦。」

過去婦女婚配，舊的衣服不能帶去夫家，要另外準備新衣，當作嫁妝帶去夫家才行。至於留在娘家的衣服，就送給對自己有恩的人或家中女傭，習俗是這麼定的。

鈴子被瀧川家收養後，家人買給她的衣服都太奢華了，感覺像是租來的禮服。未來那些衣服再也穿不到了，鈴子有些惋惜。連鈴子都有這種感受了，其他的良家千金一定更難過。還是說，那些真正的千金對豪華服飾全無眷戀呢？鈴子也不敢肯定。

「我們家小妹真的要嫁人了呢……」

雪子語重心長，朝子也難掩落寞，鈴子笑著對兩位姊姊說。

「嫁人也不影響我們見面啊，想見的話還是隨時見得到面嘛。」

雪子和朝子都搖搖頭。

「話不是這麼說。嗯嗯，也許妳說得沒錯，但我們在意的不是這個。對吧，小朝。」

「對啊，這是感情的問題。我們家小妹竟然真的要嫁人了，以後回來也看不到妳了，又少了一個樂趣。」

「那不然，妳們可以幫嘉忠哥哥、嘉見哥哥找對象啊。」

鈴子提了一個建議，雪子和朝子對看一眼。

「對吼，這個主意好。」

「就這麼辦。」

鈴子笑嘆一口氣，今天不是假日，嘉忠和嘉見都在外工作。兩位哥哥在家的話，肯定會埋怨鈴子多嘴。

「跟妳說小鈴，妳要是在夫家過得不開心，隨時回來沒關係。」

雪子叮嚀完，還牽起小妹的手。

「對啊，華族離婚沒啥大不了的，不要委屈自己。」

朝子也來握住鈴子的手。

「我說妳們兩個，人家都還沒嫁，不要講這些不吉利的話啦。」

千津勸誡兩個女兒，同時補充道。

「不過，她們講得也有道理。有些事情要嫁過去才知道好壞，真的受不了就回來吧。」

「母親大人，妳講得好像很理性，其實妳才是最寂寞的吧。」

「今後這座宅院沒人陪妳了嘛。」

兩位同父異母的姊姊都笑了，千津也笑著摸摸鈴子的腦袋。鈴子感受著家人的溫情，一時熱淚盈眶，不知如何自處。她想，也許自己是全天下最幸福的女兒吧。

車窗外是一幕又一幕的田園景致，一望無際的田地都放了水，水面映照著初夏的藍天。風在水面上吹出波紋，波紋在一大片水田上傳播開來，比任何一個名勝景觀都要好看。遠方有蒼翠的山丘，彷彿在車裡都能感受到大自然的生命力。

「風景很好對吧。」

「是啊。」看到孝冬一副驕傲的語氣，鈴子覺得他好可愛，點頭稱是。

「妳喜歡真是太好了。」

「講得好像這風景是你創造的一樣呢。」

孝冬也被逗笑了，他心情似乎不錯。

這是他們在火車上的對話，火車從新橋開到逗子。

明治二十年東海道線一路拓展到國府津，湘南就成了東京人當日來回的旅遊勝地。兩年後橫須賀線開通，前往逗子也更方便了。葉山在逗子附近，算是濱海度假區，當地有天皇、皇族，以及各大華族的別墅。人們喜歡到湘南看海玩水，那是明治以後才有的事情。嚴格來講，「湘南」這稱號也是鐵路開通以後才有的。

花菱家在葉山也有別墅，孝冬便在六月初帶著鈴子前往葉山的別墅度假，預計在別墅逗留一週。

納徵結束後，兩人就算正式的夫妻了。鈴子還沒有和孝冬一起生活，但戶籍上已經是孝冬的夫人了。等這一趟葉山之旅結束，鈴子就要到花菱家生活了。

孝冬邀鈴子去旅行時，有說要介紹養父母給她認識。孝冬的養父母退休後，負責管理葉山的別墅，過著隱居的生活。

「我不去淡路沒關係嗎？」

「我們家沒有像古代大名那樣，還要浩浩蕩蕩地歸國。不過，七月要麻煩妳去一趟，有神事要辦。」

「神事……這麼說，你還要兼顧宮司的職務就對了。」

「嗯，這件事推不掉的，至於其他事情有別人代辦。應該說，我們家的神社本來只有七月的神事要辦。剩下的都是政府制定的，不同的神社原本都有不一樣的神事。」

把神道視為祭祀而非宗教——這是政府的方針，安排制式化的神事，說穿了就是要樹立一套規範吧。鈴子是這麼看待這件事的。

「你在橫濱也有房產不是？那邊怎麼樣了？」

「是有房產沒錯，但我目前大多在東京，那邊幾乎用不到了。當然我公司在橫濱，自從繼承花菱家之後，生活重心也都放在橫濱，但華族基本上要住在東京才行。這點小事照辦也是沒什麼啦，反正我也打算在東京成立分公司。」

「分公司？」

「工廠設在淡路，公司開在橫濱——這主要是從物流的角度來考量的——至少表面上是這樣，總之在東京成立據點會比較方便。因此，我常在橫濱總公司和東京分公司往來。」

光聽就好忙碌的生活。

「虧你安排得出一個禮拜的假期呢。」

孝冬開懷地說道：「我也需要休息啊，畢竟是新婚。我跟公司的人說，要去蜜月旅行。」

蜜月旅行的風俗自古就有，但與一般大眾無緣。直到明治十六年，井上侯爵家的養子成婚繼承家業後，也到熱海去旅行，蜜月旅行就在上流社會風行了。旅行的地點多半也是熱海和湘南，這也多虧了鐵道的建設吧。

本來坐在鈴子對面的孝冬，挪到了鈴子的身旁。夏天時一等車廂也會擠滿乘客，好在目前還不到梅雨季，車內的乘客並不多。

現在都六月天了，鈴子也隨季節換裝。她穿著一身無內裡的淡藍色單衣和服，上面有白百合的花紋，素色的腰帶同樣染上百合花紋。水藍色紗質羽織則有水樣花紋和刺繡，腰帶的金屬飾品也是百合雕花，羽織綁帶上有狀似水滴的水晶。假領是白色的紗羅織品，還用銀絲做出流水的刺繡。這種穿搭洋溢著百合和露水的風情，象徵初夏的早晨。

孝冬也換上了初夏的裝扮，一身青灰色的西裝看上去很涼爽，領帶是深藍色的，還用了水晶的領帶夾。袖扣也是水晶製的，近來水晶的裝飾品越來越多了。

「那一雙手套用起來如何？」

鈴子戴著孝冬給的蕾絲手套。她看著自己膝頭上的雙手，說道。

「質地相當不錯。」

「那就好，下次我送妳戴起來比較涼爽的手套，很適合夏天用。」

孝冬很自然地牽起鈴子的手，撫摸她的手指。

「妳不喜歡我送的戒指嗎？都沒看妳戴過。」

「我舉止不夠秀氣，怕撞壞了你送的戒指。」

「哈哈，不至於吧——欸，不對，妳確實挺好動的，第一次見到妳的時候，妳還整個人跨過桌子呢。」

這種事情就不用記了。鈴子望著孝冬的臉龐，孝冬抬起頭問她。

「怎麼了嗎？」

「沒有……只是我們在葉山的這段期間，那個……香木該怎麼處理？」

「喔喔，我有帶來。香木和其他會用到的器材，我都讓由良帶著。」

由良、鷹孀還有另外幾名下人，都坐在二等車廂。在外地度假一個禮拜，當然少不了各種用品和行李。瀧川家派了鷹孀，以及幾名女傭和男傭隨行。鈴子嫁到花菱家，鷹孀也跟著到花菱家服侍鈴子，帶給鈴子很大的安心感。

「那淡路之君也……」

到別墅度假也得焚香嗎？一想到這裡，鈴子心情有點鬱悶。

「她肚子餓就會跑出來喔。」

「是喔……」

所以肚子不餓就不會跑出來嘍？鈴子總算放心了。

孝冬面帶愁容，看得出來他很關心鈴子，因為鈴子在儀式的過程中被嚇到了。

鈴子轉頭看著窗外，外頭有一片寬廣無垠的水田，美不勝收。水田映照的藍天白雲令人心曠神怡。

「我沒事。」

語畢，鈴子將視線移回孝冬臉上，既然那是她的職責，那她責無旁貸。上次舉行儀式孝冬的神情很痛苦，她不想再看到孝冬那樣的表情了。她知道自己一旦害怕，孝冬肯定會非常自責。轉念及此，鈴子心中掀起了一陣波瀾，她並不喜歡那種感覺。

「我沒事。」鈴子凝視孝冬的眼睛，再一次表明心跡。

逗子車站前排了一整排的人力車，車夫熱情地招攬生意，有時運氣好招到客人，運氣不好就被無情趕走。來到這裡的幾乎都是遊客，別墅有派車來接鈴子和孝冬，二人搭上車，前往葉山。車子在海岸線移動，涼爽的海風吹入車窗內。花菱家的別墅蓋在山腳下，據說離海邊不遠。孝冬指著別墅所在的方向，那邊有好幾棟洋館坐落在蒼翠的樹林中，想必都是華族的別墅吧。

「要搭小艇出海嗎？我很擅長划船喔。」

「海邊就免了。」

「妳不喜歡海嗎？」

「也不是……，我不會游泳，怕落到海裡……」

「妳有溺水的經驗？」

「有過一次，小時候在葫蘆池溺水。」

那一次鈴子以為自己會死，往事浮現心頭，嚇得她臉色發青，她趕緊用手遮住臉龐不讓孝冬看到。孝冬看了笑出聲來，鈴子生氣地瞪了他一眼，他急忙道歉。

「呃呃，不好意思。原來妳也有弱點啊。」

鈴子不懂他這話是什麼意思。

「你以為我都沒弱點的？」

「妳看起來就像個完美的富家千金啊。」

鈴子反倒覺得，完美一詞應該用在孝冬身上才對。

「妳不敢坐小艇，那我們去海邊散步也行，一色海岸離別墅很近。」

「這樣喔……」

「當然，妳想去山上走走也沒問題，觀察野鳥也不錯嘛。」

鈴子心想，去山上似乎有趣一點。

孝冬眉開眼笑。「看妳的表情，妳想去山上是吧。」

──我的表情有那麼明顯嗎？

大家常說鈴子面無表情，看不出在想什麼。因此自己的心思被人猜中，讓她頗感意外。

「這裡的食物也很好吃喔，有各種山珍海味。目前當令的食材有沙鮻，鰺魚和烏賊味道也不錯──」

孝冬觀察鈴子的反應，莞爾說道：「那我們一到別墅就先吃飯吧。」

鈴子摀住臉頰，不敢想像自己現在的表情。

花菱家的別墅是一棟附有塔樓的木造洋房，白色的雨淋板外牆搭配石板瓦屋頂，造型十分典雅別緻。聽說這好像叫美式維多利亞建築，房子就蓋在山腳下的森林裡，鳥兒啁啾的美聲自四面八方傳來。玄關前有一對老夫妻和少年，鈴子下車後，孝冬介紹了這幾個人。

「這兩位是我的養父母佐佐木夫妻，這孩子是鄰居的小孩，來幫忙打雜的。」

老夫妻和少年紛紛點頭行禮，丈夫名喚長八郎，妻子叫阿菊，少年大約十二、三歲，叫小島勇。佐佐木夫妻長得慈眉善目，長八郎有一張國字臉和小眼睛，眼角微微下垂，看起來笑咪咪的。阿菊長著一張圓臉，豐潤的臉頰和厚實的眼皮，也給人一種溫厚的感覺。長八郎穿的是西式襯衫和長褲，阿菊則穿藍底白紋的和服。

「來了這麼一位氣質出眾的小姐……怕我們招待不周啊。」

長八郎語氣誠惶誠恐。

「鈴子小姐很期待這裡的伙食喔。」

孝冬拋了一個話題給鈴子，鈴子不自覺地點點頭。她點頭以後才發現，這不等於承認自己很貪吃嗎？

「妳喜歡吃魚嗎？」阿菊詢問鈴子喜歡吃什麼。

「喜歡。鰻魚、鯵魚我都喜歡，用醬煮或燒烤的都好。」

鈴子不假思索說出自己的喜好，孝冬在一旁偷笑，阿菊和長八郎也笑了。

「那真是太好了，我們可得拿出真本事好好調理才行。你們難得來一趟海邊，吃點美味的生魚片吧。」

長八郎準備大展身手，阿菊也點頭附和。

「孝冬大哥，我幫你拿行李吧？」

少年阿勇用很隨和的語氣向孝冬攀談。他剃著和尚頭，長得聰明伶俐，身上穿著條紋的和服。

「嗯，那麻煩你嘍。」

孝冬的態度也是親暱友善，他在佐佐木夫妻和少年面前，表現得十分柔和放鬆，顯然很信任他們。看到孝冬和養父母的關係不錯，鈴子也鬆了一口氣。

就在這時候，鷹嬏他們搭的車子也開進來了。一行人下車後，別墅頓時人聲鼎沸，大伙討論行李裝的是什麼東西，還有該把行李搬到哪裡。幾個人忙進忙出搬運行李，充滿元氣的吆喝聲在寧靜的度假區迴盪。佐佐木夫妻帶鈴子前往客廳，她跟孝冬一起坐下休息。

「晚點再去看房間，先喝杯茶吧。」

敞開的窗外灌入涼風，吹起蕾絲質地的窗簾，樓上傳來鷹嬸等人的腳步聲。

阿菊端著茶水送來客廳。「過一會兒就能吃中飯了，稍等一下啊。」

茶水旁邊還有點心，是褐色的大饅頭。剝開一看裡面還有用黑糖煮的豆沙，甘甜滋味入口即化，實在太好吃了。鈴子默默享用點心，孝冬開心地看她吃東西。

午餐是用當地漁產製成的生魚片和鹽烤魚，另外還有用蜆熬出來的味噌湯，以及加入生薑和章魚的蒸飯。沙鮻口感柔嫩，蒸飯也吃得到章魚的鮮甜，熱騰騰的飯菜吃起來很可口。在瀧川家吃飯，飯菜從廚房送到餐廳早就涼了，很難喝到熱的味噌湯。鈴子說出瀧川家的伙食狀況，佐佐木夫妻的反應，似乎有些驚訝，又有些佩服。

「家大業大的侯爵家，也有外人難以想像的辛勞啊。」

阿菊有感而發。

「看妳吃鰻魚，也是吃得津津有味，因為在家裡都吃不到熱騰騰的飯菜嗎？」

「家裡的飯菜冷掉其實也不難吃，有得吃就要感激了。」

鈴子只是在講哪一種比較好吃罷了。

「像燉菜或涼拌這一類不必熱過就能吃的料理也不少。或許就是顧慮到有些人沒辦法吃到熱騰騰的飯菜，才那樣調理的吧。」

阿菊又搭上一句話，臉上也掛著笑容，這位婦人的語氣一向溫婉。

「蒸飯冷掉以後做成飯糰，好像也比平常更好吃呢。」

對於孝冬的說法，鈴子也深表贊同，蒸飯做成的飯糰確實很好吃。

「那多的蒸飯就做成飯糰吧。」

長八郎提出建議，孝冬看了鈴子一眼，也贊成這是個好主意。

「這主意不錯，我們就帶著飯糰，去海邊或山上散散心吧。」

「還是去山上好。」

鈴子死都不肯去海邊，孝冬被她逗樂了。

「那就去山上吧，山上風景很棒喔。」

佐佐木夫妻慈祥地看著二人互動，鈴子也從他們的眼神中，看出他們對孝冬的關愛。孝冬很少談起自己的家人，尤其對自己的親生父母，他只有在說明家世的時候提過一次，之後再也沒有提起。或許他連提都不想提吧，鈴子也沒有過問。

吃完午飯，鈴子和孝冬在客廳休息，孝冬問了一個問題。

「對了，鈴子小姐，妳會穿洋裝嗎？」

「嗯？會啊……主要是配合千津阿姨的興趣，我自己也有幾套。」

「我也有替妳準備喔，來這裡玩換上輕裝比較方便嘛。」

由良抱著幾個箱子走過來，鷹嬸接下那些箱子擺在桌上。打開一看，裡面果然有好幾套洋裝。一套是袖口寬鬆的翡翠色洋裝，一套是質地柔滑又帶有水色花紋的白色洋裝，外加有蕾絲緞帶的帽子、白色的襪子、白色的皮鞋……鷹嬸把東西一樣一樣拿出來。

「你替我準備的？……你怎麼知道尺寸？」

「我向千津女士問來的。」

「你手腳也太快……」

鷹嬸拿了一套洋裝比對鈴子的肩寬，說尺寸剛剛好。

「想穿的話隨時都可以穿，別客氣。」孝冬親切地說道。

「……謝謝你的好意。」

「畢竟是我催著妳嫁的，我擔心妳沒時間準備好衣物，所以花菱家都有備妥妳的洋裝跟和服。」

孝冬果真細心，也算解決了鈴子的一點憂慮。

午後時分，孝冬帶著鈴子到別墅附近散步，少年阿勇充當嚮導，順便幫忙提東西。鈴子身上的衣物換成了輕便的銘仙和服，手上撐著蕾絲製的白色陽傘。三人來到山中小徑，小徑的雜草都清乾淨了，地上也罕有落葉和碎石頭，大概是專門為度假遊客清理的吧，走起來相當愜意。清風吹過樹梢，陽光灑落樹梢之間，繽紛光影搖曳生姿。鳥鳴聲此起彼落，環境清幽明朗。

阿勇逐一介紹各種鳥叫聲，有啄木鳥和白腹琉璃的叫聲。白腹琉璃誠如其名，有一身漂亮的琉璃色羽毛，鈴子出神欣賞那些美麗的小鳥。鳥兒停在嫩葉綻放的枝頭上，比任何一種寶石都要華美。

三人顧著欣賞野鳥，阿勇突然問了孝冬一個問題，讓鈴子大吃一驚。

「孝冬大哥，你回東京老家沒被欺負吧？不要緊嗎？」

「我怎麼可能被欺負呢？我可是當家的。」孝冬不改笑容。

「話不是這麼說啊……」

孝冬注意到鈴子的視線，笑著對她說：「因為我以前被趕出去，阿勇他才會擔心我。」

鈴子這才想到，花菱家某些傭人肯定看孝冬不順眼。當年老當家特別寵愛他，冷落了他的父親和大哥。

——那根本不是他的錯啊……

鈴子不自覺地皺起眉頭。

「我沒事的。」

孝冬要鈴子放寬心。鈴子想起來，她在火車裡也對孝冬說過同樣的話。

孝冬現在的心境，或許就跟那時候的鈴子一樣吧。鈴子仰望孝冬，直視他的雙眼。孝冬轉移視線，舉手指著前方說道：「鈴子小姐，那邊的風景特別好喔。」

前方有一塊地林木稀疏、視野寬廣，孝冬走向那個地方。

——他剛剛是不是轉移視線了？

鈴子也沒問，默默地跟在孝冬身後。孝冬所言不差，那邊可以看到葉山的市鎮景觀，還有一整片大海，視野非常遼闊。

「那邊是相模灣，很漂亮對吧。」

孝冬說這話時，還拿起平頂帽替自己搧風。今天陽光明媚，氣溫也有點高，但濕氣並不嚴重，山上也有涼爽的風。三人決定到樹蔭下休息，阿勇鋪好草蓆，讓孝冬和鈴子坐著，再拿出水壺和飯糰。包在竹皮裡的飯糰香噴噴的，冷掉以後味道濃縮其中，真的更好吃了。看著一望無際的大海享用飯糰，實在是人生一大快事。

鈴子發現海邊一帶，有個很醒目的紅色屋頂，那是一棟洋房，難不成也是別墅？

「那棟紅色屋頂的房子，也是別墅嗎？」

「嗯？啊啊，妳說海岸邊那棟？」

那棟房子看起來好像蓋在海角的邊緣。

「那是誰家的房子啊？應該不是華族的別墅吧。」

「那棟房子以前是笹尾子爵的別墅喔。」阿勇給出了答覆。

「笹尾……所以是公家華族嘍。阿勇你說那房子『曾經』是別墅，現在不是嗎？」

「現在沒住人了，聽說鬧鬼。」

鈴子和孝冬對看一眼。

反正那棟房子也不遠，鈴子和孝冬決定走去瞧一瞧。他們在山麓繞了一圈，往海岸的方向前進。

「差不多是一年多前吧，笹尾子爵的夫人從塔樓的樓梯摔下來，一命嗚呼了。照理說是意外，但事情沒這麼單純，夫人死後好像還不到一個禮拜吧，笹尾子爵也被火車撞死了。死前還喝醉了，不曉得是意外還是自殺死的。」

阿勇一路上告訴他們那棟房子的傳聞。

「那你說鬧鬼又是怎麼一回事？」

「好像夫人的亡靈現身了，我也是聽人說的。還有人說，子爵身亡是夫人來索命。現在夫人的亡靈，還在那棟宅子裡徘徊遊蕩，負責顧守別墅的老夫妻，嚇得整天念佛呢。」

「那棟別墅還是笹尾子爵家所有的嗎？」

「不知道吔。我聽說子爵家敗掉了，不是嗎？」

「笹尾子爵家的情況……這就難說了。」

「我記得笹尾家後繼無人，只傳到這一代就傳不下去了。在公家之中，笹尾家是羽林家的等次對吧。」

鈴子搬出了千津告訴她的知識。千津跟她說過許多公家華族的故事，有的公家華族缺乏繼承人，有的家道中落，還有人主動奉還爵位。

「這麼說來，房子鬧鬼賣不出去，子爵的親屬也很頭疼吧。」

「大概吧——」阿勇才剛答話，三人都停下了腳步，因為他們聽到法會上常用的那種鈴鐺聲，還夾雜著類似誦經的聲音。

「這應該是顧守別墅的大叔他們在念佛吧。」

眼下離海角還有一小段距離，聲音是順著風勢傳來的。紅色屋頂的洋房就蓋在海角上，那是一棟木造建築，牆板也都漆成了白色，紅通通的屋頂看上去更加顯眼。走近一看，房子的外觀都被海風侵蝕，屋頂和牆壁都褪色了，也增添了幾分陰森詭譎的氣息。這房子也沒人修繕了吧，露臺的柱子也嘎吱作響，聽來相當刺耳，另外還有念佛和鈴鐺的聲音。

「這……該說是念佛的聲音嗎？不是佛教的吧，但用的又是鈴鐺沒錯。嗯……」孝冬喃喃自語。

的確，聽聲音並不是在念南無阿彌陀佛之類的聖號，是從沒聽過的類型——不對，鈴子隱約覺得自己有聽過，可能是多心了吧。

通往別墅的這段路上，只種了一片擋海風的松林，既沒有大門也沒有圍牆。宅子前方有一棟小屋，應該是給管理員住的，以前是傭人的宿舍吧。小屋幾乎隱沒在松林裡，一行人來到小屋的門前，阿勇拉開房門，朝氣十足地打了一聲招呼。

「我們是花菱男爵家的人，打擾一下。」

念佛聲停了，只留下一絲鈴聲迴盪風中。一位老翁打開拉門現身了，老翁氣色不佳，白髮蒼蒼，身上穿著褪色的藍色和服，底下套著一件日式工作褲，門內還有一位老太婆神情不安地看著來客。

「花菱男爵……莫非是山腳下那間別墅的……？」老翁問話的聲音很沙啞。

「是的。」答話的人正是孝冬，他摘下帽子，彬彬有禮地打了招呼。

「在下花菱孝冬，請問笹尾子爵家的人在嗎？」

老翁一聽是男爵本人親臨，立刻單膝跪地。

「哎呀，想不到是男爵大人親臨。」

「請不用這麼拘束，我也是出外散心，順道過來看看而已。」

「這樣啊，失禮了。笹尾子爵的家人都不在這兒，可能您不知道，子爵大人他……」

「我聽說他去世了，請問這棟別墅是誰負責管理呢？」

「現在所有權在夫人的親戚手上，並交由在下代為管理。」

「你說的夫人，我記得是——」

「是美寧子夫人，夫人的娘家是降矢家，就天降箭矢的那個降矢，甲府那邊的。」

「啊啊！原來是那個降矢家。」

鈴子沒聽過降矢家，是什麼名門之後嗎？

孝冬對鈴子解釋。「降矢家是甲府的資產家，也就是甲州財閥那一派的，本來是養蠶的富農。」孝冬簡短說明了一下降矢家的來歷。

「原來如此，所以子爵大人迎娶了降矢家的千金？」

公家華族和富豪結婚並不罕見，通常是公家華族的千金嫁給富豪，也有相反的狀況。近年來不少公家千金，嫁給那些靠戰爭發大財的暴發戶。這儼然成為一種流行趨勢，報章雜誌也常批判這種現象，堂堂公家千金為生活所逼，不得不嫁給暴發戶，未免太可憐了。

笹尾子爵家的經濟狀況也不理想，才迎娶了資產家的女兒。

「子爵家的傭人都說，夫人嫁來這裡，替這個家挹注了莫大的資金。據說這棟別墅也是降矢家買下來的，因此子爵大人在夫人面前也抬不起頭……啊啊！抱歉，請恕在下失言。」老翁抓抓腦袋。

「聽說，夫人也是在這棟別墅去世的。」

孝冬提到這個話題，老翁的臉色都發青了。

「是，您說得沒錯……夫人是摔下樓梯死的。子爵大人說，夫人是失足跌落……」

「這是子爵說的？子爵也在現場？」

「反正子爵是這樣說的。他驚慌失措跑來，要我們快點找大夫。可惜叫了大夫也沒用，夫人已經身亡了。」

「是嗎……」

孝冬用指尖輕撫下巴，陷入沉思。

「聽說你們這兒還鬧鬼是吧。」孝冬切入正題。

老翁垂下肩膀，落寞地說：「原來您知道，也是啦，都傳出去了。我一開始看到夫人的亡靈也嚇了一跳，驚魂未定跑去派出所報案。其實找警察來有啥用呢，警察又管不動鬼魂。也因為這樣，鬧鬼的傳聞不脛而走，我也挨了降矢家一頓罵，他們叫我不要胡說八道。後來，亡靈不時會現身，我親眼見到的。」

「是怎麼個現身法呢？」

「嗯？這個……就一直走來走去，在宅子裡。我們是在外邊看到的，總之就是在各個房間走來走去，不會跑出來就是了……至少現在還沒有。」

孝冬點頭稱是。

「我們很怕夫人的亡靈跑到外面來害人，真的光想就怕啊……」

老翁渾身打哆嗦。

「我也想辭掉這份工作，但又怕找不到出路，只好硬著頭皮幹下去了。」

「所以你們每天念佛？」孝冬問道。

「對啦，就像您說的。不然怎麼待得下去呢，那個夫人變成鬼還得了——」

鈴子對老翁的說法存疑，孝冬也有同樣的疑問，便反問老翁。

「你對夫人似乎頗有微詞，她是一個怎樣的人呢？」

「啊，沒有……當我沒說……」老翁支支吾吾，視線游移不定。

「老伴，你再亂說話，小心又被降矢家的人責罵。」門內傳來老太婆的告誡聲。

「不是，我沒那個意思啊。」老翁趕緊起身。

「請恕在下失陪啦。」老翁對孝冬低頭行禮，退到房內關上拉門。

人家不願多談也勉強不來，鈴子等人離開管理室，信步前行。

「孝冬大哥，你喜歡聽鬼故事喔？」

阿勇訝異地看著孝冬，似乎不曉得花菱家的內情。

「喜歡鬼故事的是我。」

鈴子代孝冬答話。

「咦？是這樣喔，真令人意外。」阿勇兩隻眼睛睜得大大的。

「我是宮司，多少也有興趣啦。」

「是喔……？那你要幫他們驅邪嗎？」

「視情況而定。」

「這樣啊。那要不要我多跑幾個地方，打聽打聽這邊鬧鬼的傳聞？」

「那是再好不過了，麻煩你啦。」

「包在我身上。」

阿勇得到孝冬的器重，開心地拍胸脯掛保證。

「啊！還有一件事要麻煩你打聽。」

「什麼事？」

孝冬指著別墅的管理室，屋內又傳來念佛聲。

「打聽一下那是在念什麼。」

當天晚上，鈴子洗完澡後，在走廊佇足觀賞牆壁上的照片。牆上掛了很多當地美麗的風景照，也有一家人的照片，有年輕時的佐佐木夫妻，以及一個少年的照片。少年應該是孝冬吧，五官特徵跟現在有幾分像，鈴子一看就知道了。年幼的孝冬表情僵硬，嘴唇也閉得很緊，一副戒慎恐懼的模樣。臉長得很俊俏，卻給人一種頑固執拗的感覺。

「那是孝冬剛來我們家時拍的照片。」

耳邊傳來阿菊的聲音，鈴子心裡有些發慌，因為她太專心看照片，完全沒注意到有人來到身旁。

「這是在橫濱老家拍的，我們想說替他拍照留個紀念……」

阿菊瞇起眼睛看照片，遙想當年往事。

「真懷念啊……那時候的孝冬啊，就像一隻隨時對四面八方警戒的野貓一樣，雖然怪可憐的，不過真的好可愛。我們當然同情他的遭遇，但他實在太可愛了。」

「您說他可憐……是指他被祖父和父母的鬥爭波及一事嗎？」

「沒錯，那些人真是荒唐……」

好脾氣的阿菊，在這時候也皺起眉頭，露出了不愉快的表情。

「當年花菱家的宗主，還不顧體面亂來。是說，要不是老宗主亂來，孝冬也不會生下來了吧……」

不顧體面亂來——這個說法挑起了鈴子的疑慮。

「他有說過，其實他是祖父的孩子，那他的生母不是祖父納的妾嘍？難不成是他的祖父對女傭亂來？」

雇主染指女傭的傳聞，鈴子聽到不想聽了，她甚至懷疑是不是每個雇主都會欺負女傭。

女傭懷孕後只能生下孩子，墮胎會遭受懲罰。有的雇主敢做不敢當，還怪罪女傭在外面勾引男人。每次聽到這種傳聞，鈴子心情就很鬱悶，孝冬的祖父也是那樣的人嗎？

阿菊沉默不語，神情黯淡。她和孝冬並無血緣關係，奇怪的是她這種表情和孝冬有幾分神似。

「花菱家的香，現在是妳燒的嗎？」

過了一會兒，阿菊開口問鈴子一個問題。鈴子聽出了言外之意，阿菊或許是在問她知不知道淡路之君的事情吧。

「目前還不是，但關於那香木的由來，我大致聽說了。」

阿菊點點頭笑了，那是一種親切又溫柔的笑容。

「妳看起來是一個很穩重的大小姐，有妳在我們也安心。那孩子有些讓人不放心的地方……況且妳別看他那樣，他個性還挺好強的。難過時也會裝出若無其事的模樣，我們都很擔心他在花菱家過得好不好。現在有妳相伴，他也吃了定心丸吧。」

聽到阿菊的關懷，鈴子發自內心笑了。鈴子是不是一個令人放心的婚配人選，或許還有待商榷，至少有機會接觸到這些真心對待孝冬的人，讓她如沐春風。

——這一趟來對了。

這是她最真切的感想。

和阿菊道晚安後，鈴子前往自己的寢室。房間中央有一張很大的床鋪，旁邊還有作工精緻的梳妝臺和休息用的沙發。壁紙是不會過於鮮豔的紅褐色，上面還有類似百合的花紋，床鋪和沙發的布料，也和壁紙顏色相得益彰。鈴子爬上床，摸摸自己的腳踝。她沒有受傷，只是有點在意腳踝上的痕跡，才順手摸了一下。

她愣愣地看著腳踝上的痕跡，許許多多的念頭竄過腦海，包括花菱家和孝冬的事情，還有今天打聽到的笹尾子爵夫人的亡靈一事。

這時有人打開房門，鈴子以為是鷹𡡉來了，抬頭一看竟然是孝冬。孝冬穿著睡覺時用的浴衣，似乎也剛洗好澡。不曉得他來做什麼？鈴子問孝冬的來意，孝冬反而有些吃驚。

「妳還問我？我也睡這裡啊。」

「咦？」

「妳忘了嗎？我們已經是夫妻了。」

——對了，確實是這樣。

鈴子已經是花菱家的人了，婚禮也辦好了，只差沒宴客而已。

……怪不得這張床鋪那麼大……

都已經嫁人了，鈴子也做好了同床共枕的覺悟。不過，她以為那是搬到花菱家以後才要做的事情，她一顆心七上八下，不停撫摸自己的腳踝。

「妳腳痛嗎？鈴子小姐。」

孝冬流露出擔心的眼神。

「是不是爬山傷到了？」

「不，不是的。其實我也想跟你談談這件事——」

鈴子鬆開手，現出腳踝上的花菱紋。孝冬一見到就皺起了眉頭。

「儀式過後，就變成這樣了。」

「這樣啊……」

孝冬坐到鈴子身旁，床鋪也發出了承重的聲響，鈴子稍微挪了一下身子。

「這是花菱家的印記，淡路之君留下的印記，我身上也有。」

此話一說出口，孝冬拉開自己的浴衣。鈴子嚇了一跳想要別過頭，卻忍住了，因為孝冬的胸口中央，也有一個同樣的印記。

「……一樣的痕跡呢。」

鈴子出神望著孝冬身上的痕跡，孝冬也伸手撫摸她腳上的痕跡。鈴子愣住了，孝冬的指尖來回移動。

「對不起，害妳留下這樣的痕跡。」

「不會，我不介意……反正在看不到的地方，何況我身上還有其他傷痕。」

孝冬停下手邊的動作，抬頭注視鈴子的臉龐，視線又移到她的手上。鈴子的手背上有燒傷的傷疤，孝冬牽起鈴子的手，仔細端詳那道傷疤。沒戴手套牽手這還是第一次，鈴子的心實在靜不下來。

「……這燒傷的疤痕下，好像還有一道傷痕是吧。」

「……咦？」

對於這個出乎意料的疑問，鈴子也迷糊了。

「燒傷的疤痕下還有一道傷……？」

「對，妳沒印象嗎？」

「沒有，我連燒傷都沒印象了。」

「原來啊。」

孝冬繼續端詳鈴子的傷疤，鈴子總覺得好彆扭。

「呃呃……看夠了吧，一直看也改變不了什麼啊。」

「啊啊，抱歉，讓妳不愉快了。」

「是不會，只是……」

「只是？」

「呃……總之，請放手吧。」

鈴子想把手抽回來，孝冬不肯放手。

「剛才我提到的那件事，我想再確認一次。」

孝冬探出身子，俯視鈴子的臉龐。兩人靠得很近，孝冬臉上掛著淡淡的笑容，眼神卻絲毫沒有笑意。

「戶籍上我們已經是夫妻了，這妳沒意見吧？」

鈴子緩緩點頭，感覺自己像是被蛇盯上的青蛙。

孝冬親暱地笑了。「那就好。」

孝冬放開鈴子的手，主動往後退開。鈴子鬆了一口氣，孝冬從另一邊爬上床，拉開床上的棉被。

「妳今天也累了，好好休息吧。」

「……好……」

鈴子打開床邊的小夜燈，小夜燈上的燈罩做得像一朵花。關掉室內大燈後，鈴子也鑽到被窩裡。孝冬枕在自己的手臂上，面對著鈴子。他才剛跟鈴子道晚安，但兩隻眼睛始終盯著鈴子，沒有閉眼的打算，鈴子被盯得睡意全消。不得已，鈴子轉身面對孝冬，夫妻倆面對著面，孝冬笑著對她說。

「明天我們去釣魚吧，這附近很容易釣到魚。」

「不巧我沒釣過魚。」

「釣得到鰺魚和烏賊之類的海產喔，沒有妳想得那麼困難。」

「……會不會被魚拉進海裡啊？」

「有可能喔。」

「那還是算了。」

「哈哈。」

橙色的小夜燈，映照出孝冬愉快的表情。鈴子看著他的笑容，眨了眨眼睛。之後，二人談天說地，鈴子不經意地閉上眼睛，半夢半醒之間，聆聽孝冬溫柔悅耳的嗓音。

「鈴子小姐……妳睡了嗎？」

鈴子沒有回話，只有細微的酣睡聲。孝冬瞇起眼睛，注視著熟睡的鈴子。孝冬伸出手，撥開鈴子臉頰上的頭髮，俏皮地偷摸她的耳朵和下巴，鈴子也沒醒來的跡象。

孝冬和鈴子已經結為夫妻了，但他一直很猶豫，該不該將大哥的事情說出來。他心中懷著這樣的煩惱，跟鈴子走到了這一步。

等鈴子搬到花菱家生活，遲早會知道真相的，到時候鈴子會生氣吧？生氣還沒什麼，孝冬怕的是被鈴子輕蔑，被鈴子捨棄，孝冬已經無法想像沒有鈴子的生活了。

他從小到大受盡家人擺布，也放棄了一切，順從命運的安排回到花菱家。可如今，那個逆來順受的自己蕩然無存了，都是鈴子害的。

──對啊，是妳害我變成這樣的。

孝冬用手指輕撫鈴子的臉頰，感受那軟玉溫香的觸感。就在那個當下，他覺得自己汙穢的手指不該觸碰鈴子，趕緊把手收回來。

──髒死了，不要碰我。

孝冬抱住自己的腦袋，忍受腦海中的幻聽，那是一種充滿恐懼和嫌惡的聲音，他強忍著錐心之痛，連呼吸都變困難了。

孝冬緊閉雙眼，試圖壓抑童年時的回憶。深沉凝重的黑暗，總是不肯放過他，彷彿溺水般吸不到空氣，死命掙扎也無從出離，全身大汗淋漓。

「……冬……」

這時耳邊傳來一道清新的聲音，肩膀感覺好溫暖。孝冬猛一張眼，看到鈴子不安地注視著自己。

「你做惡夢了嗎？看你好像很難受的樣子。」

原來自己無意間睡著了。

「啊啊……我沒事……」

孝冬呼吸急促，腦袋也還沒清醒過來。鈴子伸手摸摸他的額頭，他嚇得一把握住鈴子的手，鈴子也嚇到了。

「你額頭都是汗……」

「不行，這樣妳的手會弄髒。」

鈴子詫異地說道：「也就是一點汗水罷了……況且，弄髒擦乾淨就好啦。」

鈴子一副理所當然的語氣，緩和了孝冬緊繃的身軀，他這才發現自己有多緊張。

「喝點水吧。」鈴子準備拿起一旁櫃子上的水壺，孝冬抓住她的手腕，不讓她離開。鈴子回頭想弄清楚是怎麼一回事，整個人卻順勢倒在孝冬身旁。他們的距離比剛才還近，鈴子拉起棉被蓋在孝冬身上，順手在棉被上拍了兩下。

「放心，我就在你身邊。萬一你又做惡夢，我馬上叫醒你。」

鈴子的口吻像在哄小孩一樣，可能她也還沒睡醒吧。

孝冬一手伸到鈴子的背後，將她一把抱過來，緊緊摟在懷裡。

「妳剛才叫醒我的時候，是叫我的名字對吧？」

「嗯？對啊……現在還叫『花菱男爵』很奇怪吧。」

鈴子在孝冬懷中扭扭捏捏，心癢難耐。

「再叫一次我的名字好嗎？」

「現在？」

「現在。」

「現在有必要叫嗎……？」鈴子顯得有些困惑。

「有必要，我希望妳叫我的名字。」

「這算必要嗎……」

孝冬撫摸鈴子的頭髮，將臉埋進她的肩頭。鈴子身上有一股清新的木棉味，以及淡淡的香皂味。

「妳身上味道好香。」

「才沒有。」

「就有。」

孝冬輕輕笑了兩聲，感受著鈴子的體溫。好香，好溫暖，好柔軟的觸感，這一切讓他打從心底放鬆下來。

「……鈴子小姐，我的生母並不是祖父的小妾，而是父親的妻子。我在戶籍和血緣上都是母親的兒子，但我的生父是祖父，並不是父親。」

孝冬把臉埋在鈴子的肩頭，坦承自己的身世，他不敢看著鈴子說出真相。

「淡路之君挑選的媳婦生下來的孩子，才有資格當花菱家的繼承人，祖父懶得再找一個淡路之君看得上眼的女人，就侵犯了自己兒子的老婆。那個違逆人倫生下來的小孩，被自己的生母當成骯髒汙穢的存在，這也難怪。最後我的父母選擇一死，我之前說他們遭遇海難，那是騙妳的，他們兩個一起投海自盡，是這樣死的。」

孝冬的父母和大哥，都是自殺身亡，這該說是詛咒嗎？若真是詛咒，那詛咒的源頭就是孝冬吧，所以他厭惡自己，厭惡自己的汙穢。

「鈴子小姐，花菱家早就爛到根了，現在只剩下一點腐敗的殘骸而已。而我，就是寄居在那個殘骸中的蛆蟲。」

孝冬不屑地罵完後，激動地深吸一口氣。他後悔把鈴子拖進這個可憎的家庭，但他又不願意放棄鈴子，兩種矛盾的心思在心中翻攪，猶如一灘爛泥。

「——孝冬先生。」

鈴子喚了孝冬的名字，孝冬頓時忘了呼吸，那清淨凜然的聲音在耳邊迴盪，也滲入了他的心房。

「蛆蟲不是你，是你的祖父才對。這樣講好像對蛆蟲太失禮了一點。」

「咦？」

「對人家的祖父說三道四於禮不合，所以我一直沒說出口。但身為一家之主，卻在家中製造紛亂，這種一家之主根本是怠忽職守的垃圾。」

鈴子說得直截了當，本來靠在鈴子肩頭上的孝冬，也驚訝地抬起頭來。鈴子直視著孝冬繼續說道：「我父親也是那種貨色，我明白你的感受。這世上確實有一些無可救藥的傢伙，永遠都要別人替他們擦屁股，受苦受難的永遠不是他們自己。可是，元凶的確是我父親，這一點大家都心知肚明。孝冬先生，害花菱家崩潰的人不是你，而是你的祖父。這道理不言而喻，請你不要搞混了。你——」

鈴子眼光閃爍，話說到一半也停了下來，似乎在猶豫該不該說完。最後她下定決心，把話好好說清楚。

「你是在重建那個千瘡百孔的家，我會陪你。」

孝冬在鈴子身上看到了慈愛的光芒。

「妳會陪我？」

「我們都結為夫妻了，當然要一起努力啊。」

鈴子的語氣很認真，孝冬自嘆不如。

「妳……真的很了不起啊。」

孝冬觸摸鈴子的臉頰，鈴子保持不動，但孝冬的指尖一碰到她的耳朵，她發癢縮起了肩膀。孝冬問她：「妳願意接納我嗎？」

「嗯。」

鈴子看著孝冬，似乎不能理解為何有此一問，但還是點了點頭。

孝冬緩緩地靠倒在鈴子身上。

隔天鈴子改穿洋裝，那是一套有水色花紋的白色洋裝，細緻的絲絹材質輕如薄紗，上頭有一整面類似勿忘草的刺繡。袖子寬鬆飄逸，腰身做成直筒形狀，並沒有做出曲線，只有在腰骨附近搭上一條緞帶。鈴子放下一頭長髮，請鷹嬸用火鉗燙出波浪，臉頰兩旁的頭髮綁到後邊，用緞帶綁起來。今天她比較晚起來，穿的又是平常少穿的洋裝，等儀容全部整理好已經快中午了。

「哎呀，真是太美了，簡直就像帝國劇場的女演員呢。」

孝冬坐在客廳沙發上，對鈴子的裝扮給予好評，孝冬的評價總有誇大之嫌。

「午餐快好嘍，聽說今天是醬煮鰈魚。」

鈴子也聞到廚房傳來高湯和醬油燉煮食物的香氣。

「吃完飯到附近走走散心吧，山上昨天去過了，今天到海岸邊的步道吧，放心我們不會接近海邊的。」

孝冬笑咪咪地提議，鈴子坐到對面的沙發上。

「不去笹尾子爵的別墅嗎……？」

孝冬收好報紙放在一旁。

「好啊，散步的時候順道去一趟吧。」

孝冬接著補充道：「阿勇幫我們打聽了不少消息呢。」

「你都向他問清楚了？」

「對啊，就在妳睡覺的時候。」

「……」

鈴子尷尬地轉移視線，內心過意不去。昨晚——她在過程中不小心睡著了。可能是太累的關係，或是太緊張的緣故吧，她自己也說不準。更何況，鈴子本來已經進入夢鄉了，是聽到孝冬囈語才醒來的。那時候夜很深了，她實在抵抗不了睡意，等她睡醒太陽早就半天高，孝冬也不在身旁。

「昨晚睡得好嗎？」

孝冬和顏悅色地詢問鈴子，鈴子猜想他肯定在生氣。

「……睡得很熟。」

「那真是太好了。」

鈴子正想問他是不是在生氣，有人打岔了。

「午飯做好嘍。」

阿菊來叫他們吃午飯，孝冬叫鈴子一起去用餐，鈴子默默地前往餐廳。

吃完飯，鈴子和孝冬一起到海岸邊的松樹林散步。今天天氣晴朗，海風徐徐吹過樹林，走在陰涼的樹下很舒服。四周只有寧靜的浪濤聲，鈴子撐著白色的蕾絲陽傘，偷偷觀察孝冬的表情。

「怎麼了嗎？」

孝冬問話時仍然面朝前方，鈴子佯裝沒事，輕咳一聲說道。

「呃呃，今天早上……你有燒『汐之月』的香木嗎？」

「有啊，就在妳睡覺的時候。」

「……對不起。」

「別介意。」

「不是，我不是指那件事。」

「嗯？」

鈴子不知道該怎麼開口才好，用手指玩弄著傘柄上的流蘇。

「你在生氣對吧？」

「咦咦？生氣？妳說我？我為什麼要生氣？」孝冬一副很意外的模樣。

「不是啊——我昨晚，不小心睡著了。」

隔了一拍，孝冬才恍然大悟。

「啊啊！我沒生氣啦，昨天妳也累了吧。我本來想讓妳好好睡上一覺，結果卻把妳吵醒了——唉唉、真是不好意思，應該是我要道歉才對。」

孝冬的口氣和善溫柔，的確不像在生氣。但鈴子死盯著海邊，不敢抬頭看孝冬。她怕萬一孝冬的眼神絲毫沒有笑意，那該怎麼辦。

「妳會討厭那樣嗎？」

鈴子忍不住回頭，孝冬的表情流露出一絲寂寞。

「那種事情……我是怕勉強到妳，那就過意不去了。」

「不，不會，我不討厭那樣。」鈴子反射性答話。

孝冬驚訝地張大眼睛，笑著說：「妳這麼坦白，真是卸下我心頭重擔啊。」

鈴子整張臉都快熟透了，一個淑女不該把話說得這麼直接——可是，鈴子知道自己的本質和淑女相去甚遠，她只是裝出淑女的樣子罷了，因此也就不計較了。

「妳凡事都直來直往，這一點很棒。」

孝冬依舊保持笑容，表情神清氣爽。好在他的眼神不是冷冰冰的，鈴子鬆了一口氣。

「……那麼，笹尾子爵家鬧鬼一事，有打聽到什麼消息嗎？」

解決了一早的煩惱，鈴子也恢復了平常心。

「據說，子爵夫人生前是『魔女』。」

孝冬答覆了鈴子的疑問。

「魔女……？西洋的那個魔女？」

「算是一種譬喻吧，據說夫人總是穿著洋裝，而且喜歡配戴黑色的珠寶，所以才被稱為魔女。」

「黑色的珠寶……是縞瑪瑙嗎？」

「不是，是煤玉。」

「煤玉？」

「也就是木頭的化石，從地底挖出來的流木化石。好像是人類歷史上最古老的寶石，也有人用來驅邪。十九世紀的英國，煤玉也是人們服喪時愛用的裝飾品。」

「服喪用的……」

說到日本服喪的裝扮，鈴子首先想到明治天皇駕崩時，婦女們繫在身上的黑色緞帶，當時連用來綁頭髮的緞帶都用黑色的。難不成英國人服喪也會配戴寶石？鈴子想起同父異母的姊姊說過，國喪期間三越也有販賣黑色的腰帶飾品和戒指。

「這麼說，子爵夫人是在守喪嘍？」

「這就不清楚了，夫人只說那是『驅邪用的寶石』，可能只是喜歡那種飾品吧。但開採煤玉的礦場大多封閉了，也沒人拿來當飾品了，喜歡煤玉的人很罕見。」

「或許是喜歡一些珍奇稀有的寶石吧。」

「子爵夫人確實是個特立獨行的人，而且鈴子小姐，這件事跟妳有點關係喔。」

「怎麼說？」

孝冬微微一笑。

「夫人好像也是『千里眼』。」

鈴子瞠目結舌。「你說子爵夫人也是？」

「對，聽說她幫人找東西或占卜還滿準的，也常提供各種諮詢服務。這一帶的人都稱她『千里眼夫人』，『魔女』的稱號就是這樣來的吧。」

「千里眼夫人……」

「除此之外，還有很多離奇的傳聞。當然啦，現階段已經夠離奇了，那個千里眼夫人幫人解決疑難雜症後，還會談到信仰的話題。按照她的說法，有煩惱就代表信仰不夠，只要信仰她推薦的神明，就不會有煩惱了。夫人會宣說教義，讓人家把神明的畫像帶回去。」

「……然後叫人家大筆捐獻？」

「沒有，完全不收錢的。她用千里眼替人服務，還有送神明畫像都不收錢。」

鈴子聽迷糊了，這種跟宗教有關的話題，通常都會扯到錢才對啊——

「可能夫人的娘家本來就不缺錢吧？」

「說不定傳教才是主要目的，跟錢沒關係。這世上什麼人都有嘛，只不過，不收錢不代表就沒問題。」

「怎麼說呢？」

「她推廣的若不是政府認可的宗教，那就是邪教之流了。邪教是政府取締的對象，一般民間宗教除非是教派神道或相關的宗教，否則政府會不遺餘力打壓。」

「所以……那是邪教嗎？」

「是不是邪教也就政府的一句話。總之，政府有意控管宗教，不讓宗教超出政府制定的規範。理論上我們神社的神道信仰並非宗教，所以其他民間的神道派宗教，就屬於教派神道——當然這種區分方式比較籠統。像習合神道、佛教、修驗道、陰陽道這一類的民間宗教，差不多就是這種的。至於黑住教、天理教、金光教，鈴子小姐妳也聽說過吧？這一些是屬於獨立教派……教派神道當中也有很多不同的類別，總之泛指大部分的民間宗教就對了——很複雜難懂是嗎？真是不好意思。」

看鈴子一臉懵懂，孝冬面露苦笑。

「既然都叫神道，那全都當成神道就行了吧。」

「嗯，神道也是很廣泛的，畢竟神道納入了各種不同的信仰，好比佛教、陰陽道、儒教等等，詮釋也各有不同。算是廣義的神道吧，既多且雜。這麼說吧，反正最大的差異就是有沒有得到政府的活動認可。」

鈴子聽明白了，這種分法就比較好懂。

「得到政府認可就不會被打壓，相對地也承受了制約，有的被迫更改教義，或是信奉政府認可的神明——子爵夫人傳教也沒偷偷摸摸，想必她傳的是政府認可的宗教吧。在夫人的接引下入教的信徒不在少數，其中一人就是——」

孝冬豎起一根食指，不再說話。耳邊又傳來昨天聽到的念佛聲，是顧守別墅的老夫婦發出來的。

「顧別墅的老夫妻，就是信徒？」

「真正成為信徒的，好像只有那位老太太。這是阿勇向鄰居打聽來的，還沒有跟本人確認過。」

孝冬靜默一會兒，專心聆聽念佛聲。

「這念佛聲聽起來很特殊——講念佛比較好懂，事實上，這是祝詞夾雜真言才對，應該是那個宗教的頌歌吧。」

「祝詞夾雜真言……？」

「去跟那對老夫婦打聽打聽吧。」

語畢，孝冬朝別墅走去。

「你們是昨天的客人……您是花菱男爵對吧？」

負責顧守別墅的老翁，顯然對孝冬和鈴子抱有戒心。他的表情充滿疑問，不能理解為什麼這兩個人又來了。

「老先生你可能不知道，其實我是神社的宮司。」

孝冬換上親切的笑容自我介紹。

「我也幫人驅邪除妖，你們怕鬧鬼的話，我幫得上忙喔。」

「當真？」老翁雙目圓睜，趕緊來到門外，就只差沒扒在孝冬身上了。

「您真有辦法驅邪？那位夫人……我們每天念佛，但一點效果也沒有啊……」

「你說的念佛，就是你們剛才在念的東西對吧？聽起來很奇怪，到底那是在念什麼？」

孝冬明知故問，刻意打迷糊。

「那個是在念夫人信仰的神明，我也不是很清楚。只是夫人都信了，我們想應該很靈驗才對。」

「老伴，你要我講幾遍啊？就跟你說那不是念佛了。」老婆婆從老翁身後探出頭來。

「還不就是念佛？」

「那叫神歌，神明的聖歌對吧。」

「您很清楚嘛。」

孝冬打斷夫妻倆拌嘴，老婆婆撇嘴不說話了，神色不善地盯著孝冬。

「我聽得出來那是神歌，有一句好像是唱『浩蕩我心……』對吧。」孝冬坐到門內墊高的地板上，微笑以對。

「當中還夾雜了真言，『吒枳尼．跋折羅馱都梵』——是稻荷信仰嗎？」

老婆婆不高興了。

「我們信的是神明，別拿來跟狐仙精怪相提並論。」

「請問是什麼神明呢？」

「三狐大人。」

「三狐……」孝冬複誦了一遍。

「我們是這樣稱呼保食神大人的，夫人還有多拜天照大御神，但我們只有拜三狐大人的畫像。」

「畫像？夫人給你們的畫像嗎？」

孝冬湊近老婆婆。

「可否借我一觀？」

老婆婆依舊沒放下戒心，但勉為其難從客廳拿畫像出來，那是一張彩色的浮世繪版畫，上頭有一尊三頭六臂的神明，正面的臉是女神，右邊是鳥，左邊是狗或狐狸的臉。六隻手臂都是鳥足的形狀。樣子看起來很奇怪，但女神的五官很端正，身上的衣飾類似天女的羽衣，不會給人可怕的感覺。

「原來如此。」

孝冬看完後頷首說道：「是『燈火教』對吧。」

老婆婆訝異地看著孝冬，圓眼張得老大。

「您知道啊？」

「欸，人家好歹是宮司啊。」一旁的老翁答腔了，老婆婆瞪了他一眼，嚇得他縮起脖子不敢多話。

「我記得是幕末成立的宗教，但起源比幕末還要早，算是教派神道的附屬教會，至於是哪個教派管轄的我忘了。」

「沒錯，所以不是什麼邪教喔。報紙都胡說八道，說我們會逼人家捐款，騙走人家所有的財產，才沒有那回事。」

看來老婆婆會如此敏感，是怕自己信仰的宗教被視為邪教吧。

「夫人也是承受了莫名的冤屈啊，有人說她是魔女，避之唯恐不及，其實她也就是喜歡穿洋裝罷了，純粹是一個很有氣質的貴婦，個性也端莊穩重。她只是有點寂寞……想尋求一些慰藉。結果連老爺都把她當成眼中釘，將她趕到這棟別墅裡。」

「眼中釘？」鈴子來到這裡頭一次插上話，老婆婆看了鈴子一眼。可能她平常已經很習慣子爵夫人的打扮了，看到鈴子穿洋裝也不覺得奇怪。

「老爺說她是迷信的瘋女人，夫人簡直就是被軟禁起來的。一個大男人拿了人家娘家提供的資金，自己卻在東京享福，也不來探望夫人。」

「不過，夫人從樓梯上摔下來，子爵不是也在場嗎？」

孝冬再次確認當時的情況。

「是啊，所以我懷疑，夫人是被老爺推下樓的。」

「喂！妳不要亂講話。」老翁拉拉老婆婆的袖子。

老婆婆怒目相向，一把甩開老翁。「不是嘛，老爺難得來一趟，開口閉口只會叫夫人放棄信仰。他們一定是起口角，老爺才把夫人推下樓的。肯定是這樣才會被厲鬼纏身，沒多久就死翹翹了。」

老婆婆振振有詞，似乎對自己的推論很有信心。

「實話告訴你們，夫人也被自己的娘家嫌棄，才嫁過來這裡的。說起來啊，夫人也實在可憐哪。」

「連她的娘家都嫌棄她？」鈴子說出心中的疑問。

孝冬也接著說道：「因此娘家那邊提供大筆資金，把她丟給經濟困難的子爵嘍？」

老夫妻都承認這個說法，老翁還補充道。

「夫人的娘家很有錢嘛。」

孝冬雙手環胸，陷入沉思。

「娘家會嫌棄她，也跟信仰有關嗎？」

「不是，這說起來又是另一樁悲劇了。跟您說，您可聽仔細嘍。」

老婆婆挪動身體，靠近孝冬。

「聽說啊，夫人以前另有心上人，當然並不是老爺。我每天都陪夫人聊天，她偷偷告訴我的。」

「意思是，她有喜歡的對象，卻被家人拆散，被迫嫁人？」

孝冬打岔說出自己的推測。

「事情沒那麼單純啦，您聽我講就對了。」老婆婆一臉不悅，接著又說。

「夫人心儀的對象，你們猜猜是誰？不是大戶人家的少爺喔，而是她家的司機。」

看孝冬和鈴子的反應不怎麼意外，老婆婆反而感到奇怪。

老實說，夫人或千金大小姐愛上司機，這在上流社會並不罕見，尤其名家千金平時少有接觸男性的機會，跟身旁的異性特別容易養成親密關係。今年初，某位子爵千金和司機私奔一事，也鬧得沸沸揚揚。兩年前也有伯爵夫人和司機私奔，更早還有雙雙殉情的案例。

老婆婆輕咳一聲，繼續說出夫人的遭遇。

「司機也愛上了夫人，兩個人偷偷在一起。不料，司機不幸染上肺病，是肺結核。」

「肺結核？」

孝冬反問，老婆婆用力點點頭。

隨著工業化發展，結核病也在都市蔓延開來，成了嚴重的社會問題。去年政府頒布了結核病防治法，一般人都以為結核病是肺病，其實這是一種全身性的疾病，不意外的是，近年來肺結核死亡率最高的地區正是東京。

「那司機到他地養病，夫人四處求神拜佛，祈求司機康復。但司機最後還是死了，夫人悲傷過度，甚至想跟著司機一塊兒去。多虧有三狐大人，她才改變想法，決定繼續活下去。我聽了夫人的故事大受感動啊，她真的經歷過難以想像的痛苦。夫人過著衣食無缺的富裕生活，但從小到大飽嘗孤獨，都沒有人願意了解她。好不容易遇到了一個相知相惜的戀人，結果卻死了……連娘家的人都嫌棄夫人，想要趕快把她嫁出去。娶她的人也只是貪圖她娘家的錢財，還把她軟禁在這裡當瘟神對待，太過分了不是嗎？」

老婆婆抽了抽鼻涕，或許老婆婆對這種悲情的故事很沒抵抗力，淚腺特別脆弱吧。老翁倒是沒啥反應，只是尷尬地抓起地上的灰塵丟到一旁。

孝冬摸著下巴思考，鈴子也在體會子爵夫人的心境。可憐的夫人被娘家嫌棄，嫁來夫家這裡也沒有立足之地，還被軟禁在別墅裡。

——所以，她才在信仰中尋求救贖。

夫人身上配戴煤玉，是替那位死去的司機守喪嗎?或者有其他理由呢?

「可否帶我去看一下夫人的亡靈?」

孝冬提出要求，老婆婆用圍裙擦去眼角的淚水。

「您真有辦法讓夫人安息嗎?不然那樣實在太可憐了，我也看不下去啊。」

「這要先看過才知道，但應該是沒問題的。」

薰香的氣味變濃了，鈴子感覺那是淡路之君食指大動的徵兆。

老夫妻拿著鑰匙走出玄關，鈴子和孝冬緊隨在後。別墅就在樹林的另一邊，老夫妻沒有前往正門玄關，而是繞到別墅的後邊。

「從這邊的窗戶就看得到了。」老翁示意孝冬觀看。朝海的這一面設有露臺，以及一大片落地窗。別墅的南邊有一棟三層塔樓，子爵夫人就是從那裡的樓梯摔下去的。

露臺上的落地窗附有蕾絲窗簾，孝冬等人隔著輕薄的窗簾，看到室內有人影移動。顧守別墅的老翁發出驚恐的叫聲，往後退了一步。

「那個就是了……」老翁壓低音量，還躲到老婆婆身後。

人影穿著樸素的深藍色洋裝，在室內飄移。不對，正確來說不是飄移，而是消失以後突然出現在另一個地方，差不多是這種感覺。上一刻還在牆邊的衣櫃前，下一刻出現在中央的桌邊。動作異於常人，怎麼看都不像用走的。

女子綁著西式的髮型，身上穿著深藍色的長洋裝，上半身向前傾。隔著窗簾只看得到這些影像，表情就看不清楚了。

薰香的氣味又更濃烈了，鈴子察覺到異變時，淡路之君已出現在身旁，迅即衝向獵物。

——等一下。

鈴子正要開口，淡路之君竟然在露臺前停了下來。

難不成，她聽到了鈴子的心聲？事實並非如此，淡路之君的身形化為煙霧飄散，孝冬環顧四周，喃喃自語。鈴子聽到他說，這棟別墅可能有設下結界。

「夫人是不是有埋什麼在庭院裡？」

老夫妻都歪著頭，不懂孝冬怎麼會有此一問。但老翁立刻拍手，想到了一個可能性。

「啊啊！對了，確實有這麼回事。我記得，夫人有一次交代我在房子的四周挖洞，挖四個方位，說是要埋御守。我就幫夫人挖了，您怎麼知道的？」

「麻煩你把那些東西挖出來吧。」

「啥？」

「房子埋了那些東西，我沒法讓夫人安息。」

「那……那好吧。」

老翁同意後，馬上跑回倉庫拿圓鍬，來到埋御守的方位。

「我記得，大概是在這附近吧……」

老翁開始挖掘記憶中的場所。

「當時沒有挖很深，應該一下就挖出來了。」

果不其然，圓鍬很快就挖到東西了，發出了敲擊的聲音。

「哦？」老翁蹲下去用手挖土，挖出一座小型的金像。

「這是……」老翁拍掉金像上的泥土。

「狐狸？」鈴子自言自語，那是一尊很像狐狸或狗的金像，類似稻荷神社的狛狐。

「這應該叫辰狐才對，是吒天法。」孝冬說出了見解。

「辰狐？吒天法？」這些都是鈴子沒聽過的術語。

「該怎麼說呢——算是一種咒術吧。把這東西埋在四個方位，就有驅邪的效果。」

老翁挖掘剩下三個方位，都挖出了一樣的金像。

「全部都是黃金打造的，真是奢華啊。」老翁的佩服完全搞錯了重點。

「這下結界就消除了是嗎？」

鈴子詢問孝冬，孝冬點頭稱是。只見他爬上露臺，從落地窗往內看，鈴子也有樣學樣爬上去看個究竟。子爵夫人已經不在這個房間了，或許到其他房間了吧。

「方便讓我們進去嗎？」

「喔喔，好啊，請進。」老翁忙著打量金像，二話不說就同意了。他看了老婆婆一眼，老婆婆拿著鑰匙繞回正門玄關。

「你們真的要進去嗎？萬一出了事，我可不敢去救你們喔。」

老婆婆打開門鎖，不忘叮嚀孝冬和鈴子。

「請不用擔心。」孝冬微笑掛保證。

二人進入別墅，裡面充滿塵埃和發霉的味道，想必都沒人打掃，也沒有通風換氣吧。每走一步，地上都會留下鞋印，呼吸鼻子也會發癢，鈴子用手帕摀住口鼻。

「去夫人跌落的塔樓看看吧。」

孝冬在走廊漫步，往南邊的塔樓前進。

「樓梯在這附近吧。啊啊！有了。」

孝冬打開盡頭的房門，裡面確實有樓梯，而且是螺旋狀的。樓梯設計得很單調，就只有踩踏用的金屬板，也沒有鋪設防滑的墊子，每一階都很窄，走起來確實容易滑倒。一個重心不穩沒踩好，肯定會直接摔到地面上。

孝冬邊走邊確認樓梯是否穩固，小心翼翼地爬上三樓，三樓有一面採光良好的大窗戶。窗戶前方有一張桌子和藤椅，可以看到外頭一片大海。鈴子算是看明白了，這裡是用來欣賞海景的地方。

孝冬打開窗戶，海風徐徐吹了進來。刺鼻的灰塵和霉味都消失了，鈴子鬆了一口氣。

「老婆婆說的三狐大人，應該是指三狐神吧。」

孝冬吹著海風，談起了夫人的信仰。

「ㄙㄢˇ ㄏㄨˊ ㄕㄣˊ？」

「數字的三，狐狸的狐，神明的神。」

「所以是狐狸嘍？」

「不，本來的念法是MIKATUNOKAMI，跟狐狸沒關係。但同樣的字換成不同念法，就成了三狐神。再者，這邊說的狐狸不是野獸的狐狸，而是人狐、天狐、地狐——剛才我們在管理室看到的畫像，妳還記得嗎？」

「記得，三頭六臂的神明對吧。」

「沒錯，那個神明有三種面孔，分別是女神、鳥、狐狸，那就是三狐神。還有神歌，神歌最後一段是『三盞明燈住世，光耀我等信眾大願』，這就是『燈火教』的名稱由來，總之那是吒天法的神歌。」

「是喔……」

「把三狐神當成保食神，不過是取得政府許可的障眼法罷了。事實上，夫人信仰的是三狐神，也罷，複雜的話題就省下吧。簡單說，那有點類似稻荷信仰。」

「說到底，還是狐狸就對了？」

「狐狸算是稻荷的使者，並非稻荷本身，這就先不提了。『燈火教』是以三狐神和吒天法為信仰核心的宗教，吒天法講究頓成悉地、祈願成就，特色是看重現世的法益，實現信眾的願望——不曉得子爵夫人的願望是什麼。」

——夫人許下的心願是……

鈴子探出窗外往下看。塔頂離地面很遠，鈴子被高度嚇到，趕緊躲回窗內。

「那樣很危險的，鈴子小姐，快過來。」

孝冬抱住鈴子的肩膀，將她拉離窗邊。

「視野越好，代表這邊越危險。」

「是啊。」

孝冬的手放在鈴子的肩膀上，鈴子感受著肩膀上的體溫，心緒浮動。孝冬沒在意鈴子困惑的神情，似乎也不打算放手。

「蓋一座視野良好的三層塔樓是無所謂，但那樓梯太可怕了。中間要是有個平臺，或許夫人就不會死了——只是，既然樓梯這麼危險，走的人一定會特別小心。夫人跌落的真相究竟為何呢？」

鈴子抬頭看孝冬。

「你認為真相就如同老婆婆說的，夫人是被推下樓？」

「這就不得而知了，反正想再多也得不到答案，唯一能肯定的是——」

孝冬回頭眺望入口，鈴子也順著看過去，不由得一驚。

原來夫人就在入口處，她穿著夜空一般的深藍色洋裝，脖子上戴著煤玉首飾。夫人上半身前傾，一臉惶恐地看著下方。夫人的五官很端正，只可惜臉頰消瘦憔悴，看了令人心疼。夫人的身影又出現在窗邊，一眨眼工夫又消失了，接著出現在牆邊。

「妳有沒有察覺哪裡怪怪的？」

「咦？」

「夫人在各個房間現身，卻都保持不自然的前傾姿勢，一直盯著下方，好像在找什麼東西一樣。」

「找東西……？」

確實，夫人的動作很像在找掉了的東西。

夫人的身形再次消失了，鈴子聞到一股香氣，淡路之君也現身了。淡路之君化成一陣煙飄向樓下。

「她在找夫人，要不了多久夫人就會被吃掉。」

「……」

鈴子在殘留的香氣中，環顧室內。木板地上鋪著地毯，桌子和藤椅就擺在地毯上，沒有其他東西了。鈴子蹲下來，檢查桌子和藤椅下方。

——夫人在找的……是掉到地上的小東西吧……是飾品嗎？到底是耳環、戒指、胸針，還是墜子呢？

「最有可能的是耳環吧……」

鈴子正想去其他房間找找，起身偶然看到窗外。她靈機一動，稍微探出身子。

「鈴子小姐，這樣很危險。」孝冬趕緊抓住她的手腕，但她完全不顧自身安危，指著窗外說道。

「你看那裡。」

塔樓的外牆有一塊向外突出的地方，那邊掛著一個銀色的圓形物體，伸手去挑應該挑得到才對。

「鈴子小姐，使不得，我來撿就好。」

孝冬把鈴子拉回房內，一手抓住窗框穩住身形，一手伸出去撿東西。鈴子看他犯險，比自己犯險還要緊張，好在孝冬立刻抽回身子，拿出手帕擦拭他撿到的東西。

「是懷錶，而且是女用的懷錶，上面還有項鍊，大概是方便戴在脖子上的吧。」

誠如孝冬所言，那確實是懷錶。項鍊斷掉了，不曉得是怎麼弄的才會掉到外面，女用的懷錶尺寸比男用的小了一號，也沒有錶蓋，背面還有細緻的雕工圖案。

「這是……」

孝冬發出驚嘆，原來懷錶上雕刻的紋樣，正是老婆婆剛才拿給他們看的神明畫像，是三狐神的紋樣。

「夫人在找的就是這個……？」

鈴子不禁有個感想，就為了這種東西？

就為了燈火教的神明，就為了信仰的象徵嗎？

——夫人如此看重這尊神明嗎？

連死了都要找到手，找不到還不肯安息，鈴子不能理解這麼強烈的信仰。弄丟這個懷錶的遺憾，讓她無法安息是嗎？

可是——

「我實在不能理解信仰是怎麼一回事……」

鈴子端詳著懷錶。

「可是我看得出來，這對子爵夫人來說非常重要。」

重要到連死了都不願安息。最諷刺的是，因為那個結界的緣故，夫人自己也沒辦法到屋外。所以，她找不到掉落窗外的懷錶。

鈴子抓起懷錶，連忙走下樓梯，不得不說洋裝在這種時候比和服方便多了。在下樓的過程中，鈴子也沒忘了尋找夫人的身影。她跑過走廊，往客廳前進，內心祈禱夫人還沒被淡路之君吃掉。

鈴子衝進客廳，穿著藍色洋裝的夫人就在窗邊，淡路之君則在不遠處。

「——夫人！」

鈴子放聲大叫，舉起手中的懷錶。

「妳要的東西我找到了，這就是妳在找的東西對吧？」

夫人抬起頭來，消瘦的臉頰和凹陷的眼窩無精打采，唯獨那雙眼睛閃閃發光，直盯著鈴子手中的懷錶，臉上頓時露出歡喜的神色。瞬間，夫人出現在鈴子面前，抓住鈴子手中的那個懷錶。夫人淚如雨下，淚水一落到地板，夫人的身形慢慢淡化，最後連淚痕也消失了，只剩下那個懷錶還在鈴子手中，她緊握懷錶抱在胸前。

鈴子一抬頭，看到淡路之君滿臉凶相，怒目橫眉地盯著自己，眼中的恨火熊熊燃燒。鈴子忍住想逃的衝動，鼓起勇氣瞪視淡路之君，淡路之君衝到鈴子面前，薰香的氣味濃到令人頭皮發麻，讓她一時無法呼吸。淡路之君貼著鈴子的面孔，身形突然消散，現場只留下淡淡的煙霧和殘香。

後方傳來腳步聲，鈴子回頭一看，原來是孝冬來了。煙霧飄向孝冬，像大蛇一樣纏住孝冬的身體，最後消失無蹤。

「夫人找到懷錶，已經安息了。淡路之君被我惹火了吧。」

孝冬沒說話，他一定也看到淡路之君的表情了。

「我今後還會惹她生氣，我不可能照她的意思行動。」

鈴子再次正視孝冬，說出了自己的決心。

「鈴子小姐？」

孝冬顯得很訝異。

「現在我確信，淡路之君根本就是『魔』，那才是真正的『魔』吧。一家子生生世世都被那種東西纏上，我可受不了。」

——這太扭曲了。

說來也的確荒唐，總有一天鈴子生下來的孩子，也得餵養那個魔物，直到死為止。她一想到這點就莫名火大。

「我——我想祛除淡路之君。」

這話一說出口，鈴子覺得自己有了一個明確的目標，那是她一直深埋在心底的念頭。

「……鈴子小姐。」

孝冬的表情和聲音，夾雜著困惑的神色。

「我的祖先也試過祛除淡路之君，無奈都以失敗收場，也沒人再嘗試了。」

「前人做不到的事，不代表後人做不到啊，況且那也不知道是多久以前的事了，現在都已經是大正年間了。」

「不餵養她，會遭難的。」

「這是真的嗎？」

「嗯？」

「你之前也說過，你家人的死不見得是淡路之君害的。他們身亡，真的跟冤魂作祟有關係嗎？還是你知道其他案例？」

「呃，這……」

「我們來調查一下吧，查清楚花菱一族的歷史，說不定能找到突破的關鍵——不對，是一定要找到。」

「話雖如此……」

孝冬先是傻眼地看著鈴子，又覺得有些好笑，竟然笑了起來。

「妳呀，總是出人意表呢……」

孝冬的表情近似苦笑，卻又帶點愉快的神情。

「好吧，我都聽妳的就是了。」

「都聽我的？」

「打從一開始，我就像妳的侍者一樣啊。」

孝冬常說一些鈴子聽不懂的話，鈴子不明白他究竟在說什麼。

孝冬瞇起眼睛說：「剛才那是我的真情告白喔。」

「……可惜我聽不懂你在說什麼。」

鈴子老實說出感想，孝冬開懷地笑了。

二人離開宅院，來到管理室的前面，有一名陌生的男子，正在和老夫妻談話。老夫妻不斷對男子低頭致歉，像在解釋什麼似的。男子大約三十多歲，穿著高級的西裝，臉上戴了一副眼鏡，他一臉嚴肅聽著老夫妻說話，鈴子猜想這個人可能在發脾氣吧。

「也許是降矢家的人吧。」孝冬猜測來者的身分，鈴子也同意這個說法。

「那對夫妻放我們進別墅，被那個人責罵了吧？」

「有可能，我去跟對方說清楚。」

孝冬快步走近男子。「打擾了，請問是降矢先生嗎？」

「正是——你又是哪位？為何會在這裡？」聽得出來男子戒心很重，表情依舊嚴厲。

「在下花菱孝冬，方才實有不得已的理由，才請這對夫妻開門讓我們進去。」

「花菱……你是花菱男爵嗎？經營『薰英堂』的那位？」

男子的表情變得比較柔和了。

「失禮了，我叫降矢篤，我家小妹以前就住在這棟別墅裡。」

「這麼說來，您是笹尾子爵夫人的兄長嘍？」

「是的。花菱男爵，你此番前來有何貴幹呢？」

孝冬換上親切的笑容答話。

「聽說子爵夫人的魂魄沒能安息，我才特地來一趟。」

降矢皺起眉頭，瞪了老夫妻一眼。

「你們到處嚼舌頭，讓我很困擾。」

「不，我們沒有……」

「不是這對夫妻告訴我的，我只是剛好聽到傳聞。」

孝冬出面緩頰，接著又說道：「這一帶已經傳得人盡皆知了。」

降矢嘆了一口氣。「是嗎……原來已經傳開了啊。」

「請放心吧，傳聞不久就會平息了，我已經作法讓夫人安息了。」

「咦？作法？」降矢狐疑反問。

「其實我是宮司。」

「夫人真的安息了嗎？」

老翁驚駭不已，一旁的老婆婆也倒吸了一口氣。

「真的安息了，應該不會再出現了。」

老夫妻大大鬆了一口氣，尤其是老翁內心感觸良多，還合掌膜拜孝冬，老婆婆也用圍裙擦拭眼角淚水。

「此話當真……？」

降矢還是不敢置信。

「呃呃，當然我知道花菱男爵有神職身分，也知道你會幫人作法驅邪。不過，小妹她真的安息了嗎？」

孝冬頗感意外，他大概沒想到降矢家的人會知道驅邪的事吧。鈴子也很意外，這表示降矢家的人對華族的大小事都很清楚吧。

「子爵夫人一直在找某樣東西，現在找到了，自然就安息了。」

「找東西？」

「請看。」孝冬瞄了鈴子一眼，鈴子把懷錶交給降矢。降矢略吃一驚，注意力全都放在那一個懷錶上。

「這是……」降矢沉吟了。

「您看過這個懷錶是嗎？本來掉在塔樓的窗戶外面，還好掛在牆上沒掉下去，不然玻璃就碎掉了。」

降矢拿起懷錶，目光一刻也沒移開。

「這是小妹的東西，本來遺物裡都找不到。這上面的圖樣是小妹拜託雕工師傅，在進口的懷錶上雕刻的——我祖父和父親都有到英國喝洋墨水，小妹耳濡目染之下，有一段時間特別喜歡英國的文化和服飾，就連飾品也是……」

「夫人好像很喜歡煤玉的飾品是吧。」

孝冬說出夫人的喜好，降矢點點頭說。

「那是悼喪珠寶——也就是守喪用的飾品，現在早就不流行了，但小妹還是一直戴在身上，從不離身……」

降矢話說到一半，欲言又止，轉頭望向別墅。

「讓客人站著聊天也失禮，不如我們一塊兒進去吧。」

鈴子和孝冬又回到別墅，老夫妻則留在原地。

降矢一進入別墅，取下沙發上的防塵布，請二人就座。鈴子和孝冬坐下以後，降矢也坐到對面的沙發。他把懷錶放在桌上，看著懷錶說道。

「我們降矢家，原本是信仰虔誠的家族。」

「您是指甲府那邊的老家嗎？」

「對，我們本來是養蠶的農家，像這種農家多半信奉養蠶之神。」

「您是說，像御白神、蠶養明神、馬鳴菩薩這一類的？」

「是的，男爵果然是內行人。我們都稱為『蠶守神』，當成家族的守護神祭拜。後來我們家開始從商，祖父和父親就改拜惠比壽了，他們重視吉凶禍福，不會輕忽信仰，很多經營者都是這樣的。」

「這我也時有所聞。」

「或許是家庭教育的關係吧，小妹從小就是一個很虔誠的孩子。她個性內向又乖巧，小時候身體也不太好，家中長輩和女傭對她呵護備至，比養蠶有過之而無不及啊。沒準兒是這個緣故，她變得比較神經質，也可以說感受性特別強吧，常說一些莫名其妙的話來。」

「莫名其妙的話？」

「小妹說，她會看到祖母的鬼魂，鬼魂會交代她一些事情，還說一定要照做，不然祖先會生氣等等，總之大多都是這種的。我們家的人雖然虔誠——不，應該說正因為虔誠，所以不喜歡小妹說那些話吧。我祖父還擔心，是不是蠶守神生氣降罪呢。父母也擔心小妹，找醫生來開藥給她吃，可惜全無效果。不過，小妹也不是成天都那樣，這對我們來說也不是多大的煩惱就是了。沒想到——」

降矢面露苦笑，自問這一切究竟是哪裡出差錯了。

「這一切亂子，要從我家司機說起。」

降矢指的，應該是夫人真心相愛的司機吧。孝冬和鈴子已經知道這件事了，但又不好意思打斷人家談話，便佯裝不知情。

「那是我家雇用的司機，小妹和那個人相戀了。」

「原來如此。」孝冬隨聲附和。

「這種事也時有所聞對吧。」

降矢一臉厭倦。

「司機跟自家夫人或千金相戀，不是多罕見的事情，我們家也不例外啊……」

降矢眉頭深鎖。

「我們也很留意小妹的交遊關係，就怕她跟別人私奔或殉情。」

「那麼夫人和那位司機……」

「司機病死了，罹患肺病死的。」

孝冬點點頭沒說話，等對方繼續說下去。

「那個司機罹患肺病以後，打算辭掉工作去外地療養，小妹說要跟去照顧他，家人才知道他們的關係。事出突然，我們真被嚇到了。不管怎麼說，我們也不可能放任小妹亂來，就勸她誠心祈禱，等那個司機康復再說。家父還答應她，等司機病好了就讓他們結婚，這總比小妹私奔或殉情要強多了。反正我們家既不是華族，也不是名門之後。事實上，家父也安排那個司機去大阪知名的結核醫院治療。家父很寵小妹，幾乎是百依百順了——後來，小妹的心思都放在宗教上了。」

降矢瞪著桌上的懷錶，表情始終不悅，彷彿把對小妹的不滿都發洩在懷錶上一樣。

「小妹也聽我們的勸，開始幫司機祈禱。她聽說有些宗教可以實現卻病延年的願望，因此布施了不少錢財，請人家幫忙祈禱。結果，她迷上了那個信奉狐仙的斂財宗教。」

「信奉狐仙的斂財宗教？您是指燈火教？」

「原來是叫那種名字。教義講得頭頭是道，好像他們拜的是什麼正神一樣，說穿了不就狐仙精怪嗎？」

「不過，燈火教好歹是經過政府認可的。」

「誰知道他們用了什麼手段，政府居然認可那種宗教——」

降矢反感地搖了搖頭，接著說道。

「總之，小妹太過沉迷了。她本來就神經質，一迷信又變得死心眼，愛鑽牛角尖，家人都很擔心她。不巧，那個司機治療到一半病死了。接下來的發展也不用我多說了，小妹整個人精神錯亂，甚至還想殉情呢。」

「也是燈火教救了她嗎？」

降矢聽了孝冬的疑問，面色凝重地嘆了一口氣。

「正是。小妹全心全意信奉神明，才勉強沒有崩潰。家人拿她沒辦法，也就睜一隻眼閉一隻眼了。誰知道，她竟然還幹起了卜卦算命的勾當。」

「千里眼是嗎？」

「你果然內行啊。沒錯，總之小妹開始做一些奇奇怪怪的事情，好比替人家找失物或占卜吉凶之類的。一家人實在很頭疼，有人就提議把小妹嫁了，跟笹尾子爵的婚事就是這樣談出來的。」

降矢的笑容，頗有自嘲的味道。

「反正這也是公開的祕密，我就直說了，我們家提供了大筆資金，把小妹丟給笹尾子爵照顧。坦白講，家人也不知道該拿她怎麼辦，一開始我們交給家鄉的親戚照顧，但她在家鄉也鬧出了不好的傳聞，講都講不聽。當然了，我們有事先跟子爵說清楚，子爵也不介意，這才把小妹嫁出去的。我原以為，子爵是個溫柔大器的人啊……」

講到這裡，降矢臉色一沉，憂鬱地看著窗外。

「連家人都顧不來的女人，丟給一個外人太沉重了吧。婚後，子爵把小妹趕到這裡，自己在東京生活。呃呃，當然，小妹想回東京也沒人敢攔她，但她沒那個心思吧。小妹在這裡照樣傳教，替人占卜吉凶，消息也傳到我耳裡了。我好說歹說她就是不肯罷手，講太多又會惹她不高興，我也只好置之不理了。子爵想必也是一樣的心境吧。唯一不同的是，子爵有華族的體面要顧，對吧？」

降矢看著孝冬，孝冬說道：「確實如此。萬一醜聞鬧大了，宮內省搞不好會終止一切待遇，要求他奉還爵位。這是關係到生計的大問題，不光是面子掛不住而已。」

聽完孝冬的說明，降矢苦笑道：「華族也不容易啊。因此，子爵也很頭疼，多次跑來找我商量小妹的問題，看我能不能想個辦法。我要是有辦法，又豈會把她丟給別人呢？」

降矢笑了，還自我調侃。

「小妹成了夫家的負擔，連夫家也容不下她，到頭來還摔死，死後也不肯安息……」

降矢搖搖頭，神情極為落寞。

「真是愚蠢的小妹啊。」

鈴子想起夫人淚如雨下的光景，聽到這句話十分心痛。但她緊咬著嘴唇，沒有插上話。降矢也不是有意冷落自家小妹的，夫人走到哪兒都沒有容身之處，迷信宗教無法自拔。這對兄妹的苦，鈴子沒有置喙的餘地。

「……請問。」

唯獨有一件事情，鈴子必須問個明白。降矢總算轉頭看著鈴子，彷彿剛才都沒把鈴子放在眼裡一樣。

「這是內人。」孝冬簡短介紹鈴子的身分，降矢心領神會，點了點頭。

「有什麼事嗎？」

「也沒有……，就是想請教一下，子爵夫人配戴的煤玉。請問她是從何時開始配戴煤玉的呢？」

降矢對這個疑問感到很意外，但也立刻說出了答案。

「出嫁以後戴上的，應該是在追思那位司機吧。」

起初鈴子也是這麼想的，但事實並非如此吧。

——我心已死。

鈴子覺得，這才是夫人配戴煤玉的真正涵義吧。夫人在娘家和夫家都沒有容身之地，心愛的男人又死了，沒有人了解她——不，還是有了解她的人。信仰成了她唯一的知音，唯一的依靠，也是唯一的明燈。

夫人真正企求的，是一個願意接納她、包容她的存在，於是才有了信仰、崇拜、希求。夫人在安息前落淚的那一幕，鈴子完全能體會她尋求救贖的心有多沉痛。

「煤玉怎麼了嗎？」

看鈴子不說話，降矢狐疑地反問鈴子。

「沒事。」鈴子搖搖頭，不願多談。現在說出她的感想，也無濟於事，只是增添降矢的痛苦罷了。

「我也有一個問題，方便請教一下嗎？」

孝冬也有疑問。

「請說。」

「令妹的葬禮，是採用佛教儀式嗎？」

降矢沒料到有此一問，一時說不出話來。

「不好意思，因為我有神職的身分，對這件事有點在意。」

「……呃呃，是的，你說得沒錯，是用佛教儀式辦的。我們家跟曹洞宗結緣，就採用該宗的儀式，燈火教的儀式我們又不懂。再說了，燈火教也沒派人來上香致意，真搞不懂他們在想什麼。」

「所以，你們是按照老家那邊的宗派舉辦葬禮？那喪主是笹尾子爵嘍？」

「不，是家父。當時子爵已經不知去向了。」

「不知去向？」

「對，小妹跌下階梯後，子爵立刻叫那對老夫妻找醫生來，之後就不見蹤影了。差不多過了一個禮拜我們才接到消息，他被火車撞死了。」

降矢回憶起當時的狀況，露出了很困擾的表情。

「據說他死前喝得爛醉如泥，整整一個禮拜也不知道去哪兒鬼混了。」

「是不是過於自責，才行蹤成謎呢？」

降矢瞄了孝冬一眼。

「你認為是子爵把小妹推下樓的嗎？我也有聽到這樣的傳聞，但死無對證啊，我就不多臆測了。」

顯然降矢為人謹慎，只是聽他的口氣，似乎他也有一樣的想法。事實上，夫人若真是被子爵推下樓的，很多事就說得通了。

比方說，子爵和夫人為了信仰的問題爭吵，子爵盛怒之下搶走夫人的懷錶。夫人想要搶回來，被子爵推開跌下樓梯。子爵回過神，把懷錶丟出窗外，去向那對老夫妻求助……

從現有的事實不難推測這些細節，但子爵夫妻都死了，也無從確認真相。況且，夫人最在意的也不是真相有沒有水落石出，而是懷錶的所在。

降矢拿起懷錶，用手帕包好放進外套口袋裡。

「總而言之，我還是要感謝二位找到小妹的遺物。小妹終於安息，那是再好不過了。」

這番話說得很平淡，卻帶有真情，降矢對自家小妹，也有說不出口的遺憾吧。孝冬也聽出了對方要送客的言外之意，起身準備離開，鈴子也跟著站了起來。

「千萬別這麼說，我們未經您的許可擅自入內，實在失禮了，而且還煩勞您說出這些難以啟齒的事情。」

「不會，這也算是一種緣分吧。」

降矢終於放下戒心，展現出柔和的笑容。

「其實我和花菱男爵也不是第一次見面。啊啊！我說的不是你，而是上一代花菱男爵——那是你的兄長吧？我跟他碰過面。」

孝冬的表情瞬間凍結，但隨後又露出微笑。

「原來是這樣，我不知道原來您認識大哥，想來你們的關係不錯吧？」

「也沒有，我們也只見過一次面而已——你大哥人很聰明，可惜痛失了一個人才啊。」

「是啊……確實。」

孝冬的嗓音，就好像明媚春光下曬不到太陽的陰暗處，寂寞中帶著一絲惆悵，而不是冷冰冰的孤寂。

鈴子和孝冬來到屋外，走回海岸邊的松林，孝冬幾乎沒講話。海風吹動樹梢，穿透樹梢的陽光，在孝冬臉上留下了複雜的陰影。

「鈴子小姐。」

孝冬停下腳步，以冷硬的語氣叫住鈴子，鈴子也不自覺停下腳步。

「嗯？」

鈴子挪開陽傘，抬頭看著孝冬。孝冬的表情罕見地嚴肅，甚至到了沉痛的地步。

「怎麼了嗎？」

鈴子請孝冬開口，孝冬還是沒講話。鈴子也察覺孝冬要講的話題很沉重，所以靜靜地等他開口。海浪的聲音聽起來特別響。

「其實，我有件事一直瞞著妳。」

孝冬好不容易開口了，但神情非常痛苦，彷彿接下來要講的話會害他吐血一樣。

「我實在說不出口……我害怕被妳討厭、被妳輕蔑。」

鈴子凝視著孝冬。

「被我討厭或輕蔑，有這麼可怕嗎？」

鈴子不能理解，她不過是一個普通的年輕女子，被她討厭、輕蔑，到底有什麼好怕的？

孝冬苦笑道：「可怕啊，沒有比這更可怕的事了。其他人討厭我都無所謂，唯獨不想被妳討厭。」

鈴子歪著頭想了一下。

「我應該不會討厭你的。」

「咦？」

「我不知道你瞞著我什麼，但我大概不會討厭你的——你要知道，我們第一次見面，是我對你印象最糟糕的時候。不，第二次見面才是最糟糕的吧。」

鈴子喃喃自語，反覆比對前兩次的印象，確認第二次見面的印象最糟糕。孝冬整個人都傻住了。

「所以，我對你的印象應該不會比那一次更糟糕了。」

「那，妳也不會生我的氣？」孝冬怯生生地問道。

「哎呀，還要求我不能生氣啊？這是不是太過了點？」

鈴子也傻眼了，孝冬只能尷尬地抓抓腦袋，迴避鈴子的視線，就好像一隻被主人責罵的小狗狗。

「我可能會對你生氣，但絕不會討厭或輕蔑你。你一直不敢告訴我，肯定是有不得已的原因吧。」

鈴子動腦思考。現在有件事情孝冬遲遲不敢開口，而且這件事與她有關，孝冬怕說了惹她生氣，究竟是什麼事呢？

——跟我有關的事情……

「是不是我之前拜託你的那件事……跟『松印』有關的事對嗎？」

鈴子說出自己的猜測，孝冬神情僵硬，臉色也發青了。

「看樣子我千里眼的神通還在呢。」

孝冬長嘆一口氣，當場蹲了下去。

「你沒事吧？」

鈴子彎下腰來關心孝冬，孝冬抓亂自己的頭髮。

「真是服了妳啊。對，妳說得沒錯，我太小看妳的千里眼了。」

「也許我還能靠千里眼吃飯吧。」

「拜託千萬不要。」

孝冬虛弱地笑了，現在換他抬頭仰望鈴子，跟平時完全顛倒過來了。鈴子俯視孝冬，他的表情很不安，猶如一個無依無靠的少年。

「……我大哥……用的正是『松印』。」

孝冬抓住自己腦袋，以微弱的嗓音道出事實。

鈴子反覆斟酌剛才聽到的那句話。

——孝冬的大哥……

「你是說，你死去的兄長用的是『松印』？」

「對。」

孝冬悄然垂首。鈴子心中完全沒有憤怒或輕蔑的念頭，她當下的情緒跟這些負面的念頭完全無關。

——這就是他飽受痛苦的原因嗎？

鈴子早就看出孝冬有煩惱，原來跟這件事有關。如今弄清原因，鈴子反而安心了。同時，她也有點傻眼，孝冬要是早點說出口就好了。鈴子心中夾雜了各種情緒，她也想好好安慰一下失落的孝冬。

「……我家大哥用的也是『松印』，之前我也說過，我知道很多華族都用『松印』。所以你大哥用一樣的印，我並不訝異，也沒什麼好奇怪的。」

孝冬再一次抬起頭，直視鈴子的臉龐，試圖看出她的真心。

「萬一……萬一你大哥真是殺人凶手，那也跟你沒關係，你依然是我的丈夫。」

鈴子想起了金山寺屋的鬼魂，以及那個跑去他女兒家道歉的可憐女鬼，那個女鬼還有一個女兒也上吊死了，她們的人生不該那樣受到波及。

然而——換作鈴子是金山寺屋的女兒，她還能客觀看待那個女鬼和她的女兒嗎？所謂罪不及妻孥，她真的做得到嗎？

萬一孝冬的大哥真是殺人凶手，她還能說出一樣的話來嗎？鈴子也不敢肯定，現在她給不出肯定的答案，但她還是想包容孝冬的痛苦。因為她懼怕淡路之君，想要祛除淡路之君，孝冬也包容了她的恐懼和心願。

男女情愛的事鈴子不懂，她只是想固守做人的基本道義，來好好面對孝冬。

鈴子放下陽傘，伸手抱住蹲踞在地的孝冬。孝冬剛好被樹蔭遮住，背脊都涼了，鈴子不斷撫摸他的背脊，想要帶給他溫暖。

孝冬也伸手抱住鈴子，鈴子這才發現自己的背也很涼，手掌的溫度慢慢從背部傳遞到胸口中。

「鈴子小姐。」

孝冬呼喚鈴子，聲音微微顫抖。

初夏的海風吹過松林，穿透樹梢的光芒隨風搖曳，炫目的光影灑落在這對伴侶身上。

當晚，孝冬一進寢室，就看到鈴子跪坐在床上。

「昨晚不小心睡著了，今天我一定會努力保持清醒的。」

看到鈴子一臉正經嚴肅，孝冬差點噴笑。

「妳真豪氣，果然是武士門第出身的。」

「你笑話我是吧？」

「怎麼會呢，我可尊敬妳了。」

孝冬話一說完，鈴子害羞地轉移視線，似乎對他的讚賞挺滿意的。

這個人真是太可愛了——孝冬心想。

孝冬對鈴子有一往情深的愛意，有時他很佩服鈴子高貴的情操，有時又覺得鈴子像小狗一樣可愛。這些感情可以用一句話來形容，孝冬十分崇拜鈴子，這算是最貼切的說法。就好像古代社會的人民，對大地之母有一種原始的崇拜一樣。

鈴子正襟危坐，雙手放在膝頭上，孝冬爬上床，將自己的手掌放在鈴子的手上，感覺得出來鈴子很緊張。

「鈴子小姐，我希望妳也喜歡上我，這個願望是否太奢侈了呢？」

孝冬深情俯視鈴子，鈴子不解地說道：「我並不討厭你啊。」

「我希望妳喜歡上我，對我一往情深。」

就如同我喜歡上妳，對妳一往情深。

鈴子的表情有些困惑。

「我們都已經是夫妻了不是嗎？」

「形式和真心是兩回事啊。」

孝冬也明白，鈴子並不討厭他，提出這樣奢侈的願望，其實就是在利用鈴子的好意。

鈴子對孝冬的感情，就像林間的陽光一般明淨耀眼。但孝冬對鈴子的感情，卻像泥潭一樣汙濁。孝冬自問，為什麼自己的愛如此沉重呢？

鈴子看著孝冬的雙眸。「我盡力。」

鈴子這話一說出口，孝冬笑著回答。

「不對，鈴子小姐。該努力的是我才對，我會努力成為一個值得妳愛上的人。」

孝冬緊握鈴子的手掌。

「……還請妳不要放棄我。」

鈴子直視孝冬的眼睛。孝冬回憶他們相識的經歷，打從一開始，鈴子看他的眼神始終正直誠懇，彷彿有穿透人心的力量。

「我答應你。」

鈴子點點頭，理所當然地同意了。孝冬心裡想的是，她大概不明白我的情念有多深重。孝冬撫摸鈴子的臉頰，以及肩膀。孝冬一把抱住鈴子，想好好確認鈴子的存在，沒想到她的身子挺小的。

——請妳永遠不要離開我。

孝冬閉上眼睛，獻上最誠摯的祈禱。漆黑的視野中有星光閃爍，微弱閃爍的星光，恰似黑暗中一盞小小的明燈。

隔天，鈴子跟著孝冬去划船了。鈴子嘴上說自己討厭坐船，但實際到了海邊，對這項海上活動還是有點興趣。剛登上小艇是最搖晃、最恐怖的時候，搭上去以後就沒事了。

他們是在海灣划船，並沒有太大的波浪，風勢也不強烈。鈴子右手持陽傘，左上放在小艇邊緣，眺望著海景。海面上波光粼粼，璀璨的程度不下於鑽石，讓人忍不住瞇起眼睛。

大海無邊無際寬廣無垠，天空和大海都是藍色的，色彩卻又截然不同，真是太不可思議了。遠方有大船開往外海，浪濤聲好寧靜。風勢偶爾會帶來海潮的氣味。海潮有一種生命和死亡夾雜的氣味，鈴子並不討厭這種味道。

「鈴子小姐，妳還會怕嗎？」

孝冬停下船槳，觀察鈴子的反應。

「不會，海面上很開闊，感覺挺好的。」

「那就好。」

孝冬聽了很滿意。

今天早上，他們二人一同焚香。到了海上，薰香的味道也會被海潮蓋過。

「夏天我們再來一趟吧。」

「好，但我不下海喔。」

「踩一下海水沒問題吧？小艇都敢搭了。」

「不要。」

孝冬輕笑兩聲，他的笑容比浪濤更加耀眼，同樣令人難以直視。吹拂而過的海風，更添風光明媚。

國家圖書館出版品預行編目資料

花菱夫妻的退魔帖 1：宿命相逢／白川紺子作；葉廷昭譯 . -- 初版 . -- 臺北市：三采文化股份有限公司，2025.01
面；　公分 . -- (LiGHT 新世界；01)
ISBN 978-626-358-551-5(平裝)

861.57　　　　113017040

suncolor 三采文化

LiGHT 新世界 **01**

花菱夫妻的退魔帖 1：宿命相逢

作者｜白川紺子　插畫｜齋賀時人　譯者｜葉廷昭
編輯二部總編輯｜鄭微宣　專案主編｜李嫜婷
美術主編｜藍秀婷　封面設計｜莊馥如　版權協理｜劉契妙
內頁排版｜陳佩君　校對｜黃薇霓

發行人｜張輝明　總編輯長｜曾雅青　發行所｜三采文化股份有限公司
地址｜台北市內湖區瑞光路 513 巷 33 號 8 樓
傳訊｜TEL: (02) 8797-1234　FAX: (02) 8797-1688　網址｜www.suncolor.com.tw
郵政劃撥｜帳號：14319060　戶名：三采文化股份有限公司
本版發行｜2025 年 1 月 17 日 定價｜NT$400